JN022088

自称悪役令嬢な妻の観察記録。4

登場人物紹介
ゼノ
セシルと契約している精霊。普段は侍従としてそばに控えている。
クロ
バーティアと契約している精霊。黒狐や幼女メイドに擬態している。
セシル
アルファスタ国の王太子。頭脳明晰すぎて退屈だった日々を変えてくれたバーティアを大切にしている。
バーティア
セシルの妻にして、アルファスタ国の王太子妃。「悪役令嬢」に憧れつつも、不思議と周囲の人たちを幸せにしてします。

ゼノの姉たち
夏風《なつかぜ》
秋風《あきかぜ》
春風《はるかぜ》
冬風《ふゆかぜ》
陽獅子《ひじし》
光の精霊王。豪放磊落《ごうほうらいらく》だが、可愛いもの、華奢なものへの対応が苦手。
光雀《こうじゃく》
陽獅子の姪。ゼノに好感を抱き、クロに対しては激しい嫌悪をみせている。

一　バーティア、闇の領域出発前。

「朝なのに外が暗くて月が空に輝いているというのは、違和感があるね」

私、アルファスタ国王太子、セシル・グロー・アルファスタは、私付きの侍従であり契約精霊でもあるゼノに脱いだ寝間着を手渡しつつ、窓の外を眺めて呟いた。

今、私たちがいるのは、私の父が治めるアルファスタ国ではない。

ゼノの伯父である精霊王が治める、精霊界。そこに存在する闇の精霊王が治める領域だ。

なぜ、私たちが自分たちの国を離れ、わざわざ精霊界に来ているかというと……ゼノと、バーティアの契約精霊であるクロが、それぞれの両親に結婚の挨拶に行くことになったからだ。

もちろん、いくら自分たちの契約精霊が精霊界に里帰りするからといって、わざわざ私やバーティアがついていく必要はない。

単純に面白そうだから……いや、私の妻のことが大好きなクロが、この機会に契約者であるバーティアを両親に紹介したいと言ったため、私もついてきたのだ。妻一人を精霊界という未知の領域に行かせるなんてことはできないからね。

まぁ、一度精霊界がどんなところか見てみたいとか、ゼノがどんな目にあうのか見物したいとか、いつも何か面白いことをしてくれるパーティアの観察がしたいとか、そういった理由もなくはないけれど。

「人間界では考えられない光景ですからね。でも、精霊界では色々なものが精霊由来なので、この景色も不思議なものではないんです。たとえば、闇の領域は夜でも昼でも暗いですけど、反対に光の領域は常に明るいんですよ。ちなみに、あの輝いている月は光の精霊王の弟の一人である、月の光の精霊によるものですよ」

私の呟きに、ゼノが律儀に答える。

「月の光の精霊ね。闇の領域なのに光の精霊の力が働いているというのは面白いね」

「彼はとても変わり者でして……。『光は闇の中でこそ輝くのだ！』と言って、こうして闇の領域で生活しているんです。ちなみに、精霊は人と契約しないと名前を持ちませんが、彼は自分の呼び名を美しい自分に似合う麗《うるわ》しいものにしたいと言って、自分でナル……間違えました。ルナという名前を付けて呼ばせています。もちろん、人と契約して付けられた名前とは違い、『呼び名』の部類に入るものなんですけど」

「ナル……ね」

「ルナです」

私の呟きを、ゼノがスッと視線を逸らしながら訂正する。

今の行動で、ゼノが月の光の精霊のことをどのように思っているかがよくわかった。

「どんな人物か気になりはするけれど……今回は予定が詰まっているし、会えそうにないね」

今日はゼノの実家に行くことになっている。

精霊界に来た時に、ゼノの両親とたまたま会った。その際に訪問の予定を伝えたところ、折角だからパーティーをしようと言われたのだ。

クロの家族も一緒に連れてくるように言われているため、今日はクロの家族と私たちでゼノの実家に行くことになるだろう。

「支度が済んだら、今日の予定についてバーティアたちとも相談しないといけないね」

やることは決まっていても、何時頃行くとか、行く前に闇の領域内でしておくべきことはあるかとか確認する必要がある。

ゼノから受け取った着替え用のシャツに腕を通しながら、今は洗面所でクロと共に身支度を整えているバーティアのことを考える。

女性の支度は男性よりも時間がかかるから、もうしばらくは洗面所から出てこないだろう。

時間に余裕はあるけれど、私もさっさと着替えて、待っている時間を使って少し仕事でも……

バァァァアンッ!!

「セシル様!! 支度が済みましたわ!! さぁ、ご飯に……」

予想に反してすぐに開いた扉。

あまりに勢いよく開いたことに少し驚いて視線を向けると、私の妻が満面の笑みを浮かべていた。

私とバーティアの視線が合う。

一瞬の間の後、彼女の視線が私の顔から胸のあたりに移動し、頬が一気に赤くなる。

それと同時に彼女の笑顔が驚きの表情に変わる。

バーティアは慌てたように両手で顔を覆った。

「キャァァァァ‼　ラ、ラッキースケベですわぁぁぁぁ‼」

……また意味のわからないことを言っている。

多分、着替え途中で、シャツを羽織っただけの私を見て恥ずかしくなってしまったんだろうけど……君、私の妻になってからもうそれなりに月日が経っているよね？

これくらいの格好なら慣れてもいい頃だと思うんだけど。

……まぁ、そんな風にいつまで経っても初々しい彼女を可愛いと思ってしまうのだから、それはそれでいいのかもしれない。

「ティア、ひとまず落ち着こうか。私もすぐに着替え終わるから、そうしたら今日の予定について少し話をして、それから食事をしに……」

「ご、ご、ご、ごめんなさいですわぁぁぁぁ‼」

恥ずかしさでパニックになったのだろう。バーティアは、私の話などまったく聞こえていない様子で、両手で顔を覆ったまま走って部屋を出ていってしまった。

その後ろをトトトッといつもの幼女バージョンのクロがついていく。

彼女のほうは特に慌てた様子もなく、いつも通りの無表情で、きちんと扉も閉めてバーティアを追いかけていった。

「……相変わらず、バーティア様は嵐のようですね」

バーティアたちが出ていった扉を見つめ、ゼノが苦笑する。

「そうだね。どこに向かうかわからない、そんな嵐だけどね。でも、そのおかげで私は日々楽しめているよ」

途中だったシャツのボタンを留めながら、口元に小さく笑みを浮かべる。

賑やかで騒がしい朝だけれど、なんとなく今日一日が楽しいものになりそうな予感がする。

そんな時間が私は好きだ。

「殿下はバーティア様関連のことは大概『楽しんで』いらっしゃいますからね。……普通だったら大変なことでも」

「予想外のこと、大変だと思えることだから楽しいんだよ」

ニッコリと満面の笑みで告げると、ゼノは少し頬を引き攣《つ》らせつつも、ベストを着やすいように広げてくれる。

「その感覚はよくわかりませんが……でも、なんとなく惚気《のろけ》を聞かされている気分になりますね」

ベストに腕を通して身なりを整えた後、彼が差し出した剣を受け取る。精霊界に来た時に、護身用にと精霊王が貸してくれたものだ。

「ゼノだって、クロに振り回されるのは嫌いじゃないだろう？」

「それは……まぁ、そうですけど。でも、殿下のそれとは何かが違う気がします」

「それはきっと気のせいだよ」

腰に剣を提げて振り返ると、ゼノはなんとも言い難い微妙な表情をしていた。

そんな彼の肩を軽く叩いて、バーティアたちのところに行くべく扉に向かう。

ゼノは、まだ納得できていないようだったけれど、一緒に食事をすることになっているクロの家族——彼にとって義理の両親となる人たちを待たせるわけにはいかないと思ったのだろう、それ以上は何も言わずに私の後についてきた。

＊＊＊

食事に行く前に、部屋を飛び出していったバーティアとクロを見つけなくてはと思っていたんだけれど、その必要はなかった。

この城に勤める闇の精霊たちが、バーティアたちを先に食堂に案内してくれていたからだ。

部屋を出てすぐのところでそのことを教えてもらい、私たちもその精霊に案内されて食堂に向かう。

ちなみに、本来、ここにいる闇の精霊たちは真っ黒な影のような姿で働いていることが多いようなのだが、バーティアが怖がったため、今はバーティア好みの可愛らしい動物の姿をしている。

今、私の前を歩いているのは、黒い兎《うさぎ》なのだけど……この場にいるのがバーティアならば可愛くて微笑ましい光景になるかもしれないけれど、私とゼノではシュールさを感じてしまう。

もちろん、闇の精霊たちは、私たち――主にバーティアに気を遣ってこの姿でいてくれるのだから、文句なんて言えないんだけどね。

「殿下、どうぞ中へ……」

食堂の前まで来たところで、ゼノが闇の精霊の代わりにノックをしてドアを開ける。

闇の精霊がとっている兎《うさぎ》の姿はあくまで擬態《ぎたい》だから、開けようと思えばドアも普通に開けられるんだろうけど……見た目が小動物の精霊にドアを開けさせるのはなんだか申し訳ない気がしたんだろう。

「おはようございます」

部屋に入り、もう既に着席しているクロの家族に挨拶をする。

昨日に引き続き、朝食も一緒に食べることにしたらしいクロの祖父母である大黒亀《おおくろがめ》、闇絹鳥《やみきぬどり》、紫華《むらさきばな》、萌綿《もめん》がこちらを向いて挨拶を返した。

祖母にあたる闇絹鳥と萌綿はにこやかに微笑んでいる。

大黒亀は……透明の液体を飲んでいるけれど、あれは水だよね？　朝からお酒なんてことはないよね？

もう一人の祖父にあたる紫華は二日酔いなのか頭を軽く押さえつつも、鋭い視線を向けてくる。

その視線の先は私……ではなく、私の背後にいるゼノだ。

一応、ゼノのことをクロの伴侶として認めはしたものの、寂しさと悔しさのような感情はまだ残っているのだろう。

まぁ、私には関係のないことだから放っておけばいいかな。

さて、さっき私を置いて走っていってしまった私の妻はどこにいるのだろうか？

室内にパッと視線を走らせる。

うん、探さなくてもすぐに見つかった。

というか、向こうからもの凄い勢いで私のほうに走ってきている。

バーティア、食事の席で走るのはマナー的にもダメだし、埃も舞うから良くないと思うよ？

「セシル様〜!!」

飛びかからんばかりの勢いで駆け寄ってきたバーティアを、軽く抱き締めるようにして受け止める。

何やら面白いことを思いついたらしい彼女は、私の着替え場面を見て恥ずかしがっていたことなんて、もう記憶の彼方《かなた》に追いやってしまっているようだ。

目をキラキラさせて私を見上げてくる。

「どうしたんだい、ティア」

「あのですわね、あのですわね！　無理かもしれないんですけれど、お願いがあるんですの！」

「うん、いいよ。何を叶えようか？」

興奮状態で言ってきたバーティアに、ニッコリと微笑んで了承を伝える。

「え⁉　私、まだ何もお願いの内容を言っていませんの！」

話を聞く前に快諾した私に、驚いた表情を浮かべるバーティア。

けれど、私からしたら、こんなの当たり前のことだ。

私の世界は彼女中心に回っている。

もし彼女が世界征服をしたいと言ったら、少々手間はかかるかもしれないけれど、もちろん叶えようと思う。

まぁ、そんなことを彼女が言うことはないだろうけどね。

私のそんな思いなんて当然お見通しな私たちの契約精霊たちは、少し引いたような視線を向けてくる。一方、私の妻は少し戸惑いつつも、冗談だと思ったのか笑っている。

「それで、何がしたいんだい？」

「えっとですわね、アルファスタ国に帰ったら皆様にも相談しようと思うのですけれど、ハロウィンがやりたいんですの‼」

「ハロウィン？」

また聞いたことのない言葉が出てきた。

ここではない世界で生きていた前世の記憶があるというバーティアは、時々こんな風に聞いたことのない言葉や知識を口にする。

最初は、ここはゲームの世界で、自分は悪役令嬢だなんて言っていた。彼女が予言のように語った『シナリオ』とやらを全部私が壊して、ゲームとはまったく違う結末を迎えてからはここがゲームの世界だとは言わなくなったけれど、今なお前世の知識で私を楽しませてくれる。

……彼女的には私を楽しませようとしているのではなく、折角持っている知識を役立てようとしているんだろうけれど、突拍子もないことをするから、観察したり協力したりするだけでも十分楽しいんだよね。

きっと、今言った『ハロウィン』というのもそんな前世由来の何かなのだろう。

「物知りなセシル様が知らないということは、やはりハロウィンという行事はこちらにはないんですのね！」

バーティアは納得したようにうんうんと何度も大きく頷いている。

「それで、そのハロウィンというのは？」

「ご説明致しますわ!!」

私に何かを教えるという機会が少ないからか、嬉しそうに胸を張って説明し始めるバーティア。

具体的な由来は彼女も知らないようだけど、バーティアによるとハロウィンは収穫や豊穣を祝うと共に、悪魔などの悪いものを祓《はら》う宗教的なお祭りらしい。

先祖の霊が降りてくるとされる日に、一緒に悪いものも降りてくるから、子供たちがお化けや魔物などに仮装し、悪いものの仲間に見せかけたり、あるいは逆に脅かして悪さをされないようにしたりするとのこと。

ただ、彼女の話は、この「仮装するお祭り」という部分が中心で、本来の趣旨や目的は「多分こんな感じだった気がする」程度しか語られなかった。

要するに、彼女が『ハロウィン』をしたい主な理由は、本来の宗教的な意味合いではなく、「仮装するお祭りがしたい」ということだろう。

宗教的な意味合いが含まれる行事は宗教が違うとやりづらいから、適当に違う意味づけをしてやるのが現実的かな？

バーティアがやりたいのはあくまで「仮装して楽しむお祭り」みたいだしね。

「でも、なんで急にそんなことがしたいなんて思ったんだい？」

「ふふふ…。よくぞ聞いてくださいましたわ！　私、師匠とお話ししていてパッと思いついてしまいましたの!!　師匠が狐耳や尻尾を隠せないことで人間界に来られないのならば、師匠がいてもおかしくない環境を作ればいいのではないかと!!」

バーティアが拳をグッと握り締め、熱く語る。

バーティアが師匠と呼んでいるのは、クロの母親である闇の精霊王のことだ。どうやら、私やゼノが来る前にクロの母と話していて、たまにはクロの母も人間の住む世界にいるクロに会いに行きたい、けれどこの姿だと難しいと言われたようだ。クロの母は、人間の姿に擬態《ぎたい》をしても、耳や尻尾を隠すことができないからね。

普通だったら、そこで諦めるか、どうしたら狐耳と尻尾を隠せるかについて考えるところなんだろうけど……そこはバーティアだ。

隠すのではなく、周りの人たちも動物の耳や尻尾を付けたり、お化けっぽい仮装をしたりして、狐耳や尻尾が目立たないようにすればいいんだという方向に思考が行ったらしい。

逆転の発想といえば聞こえはいいんだろうけど……相変わらず、私の妻は面白い思考回路をしている。

ただ、正直周りが仮装したところで、クロの母のあの立派すぎる八本の尻尾は確実に目立つと思う。

強硬に「あれは作りものです」と言い張ればなんとかなるかもしれないけれど、生粋《きっすい》の引きこもりであるクロの母にとっては、注目されること自体が辛いんじゃないかな？

まぁ、バーティアがいればなんとかしそうだし、別にいいか。

むしろ、バーティアがそれにどう対処するかが気になるしね。

「面白そうな企画だね。アルファスタ国全域でとなると、さすがに時間がかかるし難しいだろうけれど、王都で行う新しい祭りとしてならなんとかなるんじゃないかな？」

というか、なんとかさせる感じだけどね。

……主に私の側近たちとバーティアの友人たちに協力してもらって。

「その仮装というのが、どの程度のものなのかはわからないけれど……クロの母上が目立たないようにするなら、彼女のような格好の人がいてもおかしくない形にしないといけないということだよね？」

私の言葉にバーティアは少し考える素振りを見せながらも、「うんうん」と大きく頷いた。

多分、「どのレベルにしよう？」と悩んだのではなく、単純に前世の『ハロウィン』を思い浮かべながら答えたという感じなのだと思う。

「具体的な話はまた国に帰ってからになるけれど……それならいっそのこと、表立っては収穫祭的な意味合いを強くして、自然の恵みを与えてくれた精霊様に感謝する日として、精霊の姿を真似する祭りという形にしたらどうかな？　ついでに、折角今回精霊王と会う機会を得たのだし、その日を精霊との交流日にしてみてはどうかって提案をするのもいいかもね」

なんとなく頭に浮かんだ案を話す。

今回、折角精霊界に来て、精霊たちと今まで以上の繋がりが得られそうな機会を手にしたのだ。

このままただクロたちの里帰りに付き合って帰るだけというのももったいないだろう。

もちろん、人間の世界にいる精霊たちが傷つけられたりしないように、今まで通り精霊の存在は一般人には知られないようにしておいたほうがいいと思う。

交流日といっても、精霊の存在を知っていて尚且《なおか》つ悪用することがないと信頼できる一部が精霊を出迎えて、他は人間に紛れる形で勝手に精霊たちに楽しんでもらう祭りという形にするのがいいかもしれない。

あとは祭りに参加する精霊たちの安全面の問題だけれど、この辺は精霊王に人選を任せればいいだろう。

多少力のある精霊であれば、人間に負けることはない。

騙《だま》されて契約させられて……という危険性はあるけれど、騙《だま》されない程度の知性のある精霊を選んでもらい、事前に精霊王からその辺は注意するように依頼すれば、我々の責任にならない……いや、騙《だま》されるなんてことはそうそうないだろう。

精霊の存在が秘匿《ひとく》されている以上、一緒に何かの事業をすることはできないけれど、精霊たちとの繋がりを強化しておくのは、国にとってもいいことだろうし。

それに精霊が実在することは秘匿《ひとく》されているが、物語に出てきたり、信仰の対象としては認知されたりはしているから、「精霊に感謝する祭り」というのは国民も受け入れやすい気がする。

うん。意外にいい案かもしれないね。

仮装するとなれば、今まで害獣駆除の目的で狩ったはいいけれど、毛皮としては使いづらかった素材なんかも、一日限りの仮装アイテムの材料として使えるかもしれない。

他にも、衣装作りや出店など色々な仕事が生まれるし、経済を活性化させるうえでも上手く使えるだろう。

何より、国民がそれを楽しめれば、主催する国の心証も良くなるだろう。

開催するのにかかる費用も、我が国であれば余裕で捻出することができる。

その辺は、常日頃から妻の希望を叶えられるように国の運営を頑張っているから問題ない。

「さすがセシル様ですわ！　それは凄く凄くいいと思いますの!!　悪い人もいますから、精霊さんたちの存在は公《おおやけ》にしちゃ駄目ですけれど、折角ですので、普段精霊界にいる精霊さんたちにもアルファスタの良さを知っていただきたいですわ!!」

満面の笑みで私を見るバーティア。

この笑顔が見られるなら、部下の残業なんて気にするに値しないよね。きちんと頑張った分は給金として出すつもりだしね。

だからゼノ。私の後ろで、私の側近たちの今後を憂《うれ》いて悲しそうな顔をするのはやめようか？

大体、精霊関係の行事になる以上、一番酷使されるのは君なんだから、人を憐《あわ》れんでいる場合じゃないんだよ？

あぁ、やっとそのことに気付いたみたいだね。

顔が少し青くなって頬が引き攣《つ》っているけれど……きっと大丈夫だよ。

「師匠！　私、頑張ってこの企画をやり遂げてみせますわ！　そうしたら、是非アルファスタにいらっしゃって、クロと一緒に人間の世界を楽しんでくださいませ!!」

バーティアがクロの母――闇孤《あんこ》に駆け寄り、その手をギュッと握り締める。

「おぉ、バーティア、我が友よ。そこまで妾《わらわ》のことを気遣ってくれるとは……。もちろんじゃ。少々人間界に行くのは怖いがのう、バーティアがそこまで頑張ってくれるというのならば、必ずや行かせてもらうぞ」

……感動しているところ悪いけれど、きっと主に頑張るのは私の背後で顔を青くしているあなたの家の婿だと思うよ。

まぁ、バーティアの性格上、人に丸投げして自分は何もしないということはないと思うけど。

「さて、この話はここまでにしておこうか。今日はこの後の予定も詰まっているし、折角用意してくれた朝食も冷めてしまうからね」

話が一段落したところで、朝食を食べ始めることを提案する。

「はっ！　そうでしたわ！　美味しいご飯が冷めてしまうのは絶対にいけませんの!!」

バーティアがハッとした表情で、慌てて席に着く。

その様子を見て、席を立っていた他の面々も座った。

本来であれば使用人の立場であるクロとゼノが、主《あるじ》である私やバーティアと同じテーブルに着くことはないんだけど、そんなことに文句を言う人物は当然ここにはいない。

むしろ、今は私とバーティアがおまけの立場だしね。

全員が席に着いたところで、動物に擬態《ぎたい》した闇の精霊たちが料理を運んでくる。

明らかに動物ができる動きではないということはもはや突っ込まないよ。

彼らはそういう存在ということで、別の括《くく》りにすることにしたからね。

「それでは、朝食にするかの」

「いただきますですわ!!」

クロの母の号令と、バーティアの元気な声が響いたところで賑やかな朝食が始まった。

＊＊＊

なんとか慌ただしくも賑やかな朝食を終えた後、私は借りている部屋でのんびりとゼノの淹《い》れたお茶を飲みながら寛いでいた。

というのも、バーティアがこの後ゼノの実家に行くための準備をしたいと言って、クロと寝室に籠《こも》ってしまったからだ。

……今回は日帰り予定だし、荷物も闇の王の城に置きっぱなしにするから、特に準備なんて必要ないと思うんだけどね。

でもまぁ、女性のお出かけというのはそういうものだろう。

少なくともアルファスタで賓客の相手をしたり、パーティーを開いたりする時の準備よりは大変ではないから大丈夫なはず……

バンッ!!

「セ、セシル様！　た、大変ですわぁぁぁぁ!!」

ティーカップに口を付けたタイミングで、もの凄い勢いで寝室の扉が開け放たれる。

思わず飲みかけていたお茶を噴き出しそうになったが、飲み込む寸前に一瞬聞こえたバーティアの足音に不安を覚えて警戒していたことで、なんとかことなきを得た。

うん、良かった。

王太子がお茶を噴き出すなんて粗相をしてはならないからね。

「ティア、一体何が……」

ティーカップを置いて彼女のほうを振り返った瞬間、言葉が止まる。

何があったのか聞くまでもなく、問題がわかったからだ。

「ブッ！　ク、クロ!?　その顔、どうしたんだ!?」

私とほぼ同時に振り返ったゼノが、バーティアに抱えられるようにして連れてこられたクロを見て噴き出し、次いで表情を取り繕《つくろ》った。

その表情は、笑いを堪えているように見えるけれど……最初に噴き出しているから意味ないよね。

クロもゼノの反応に不満そうな様子で、尻尾を床に叩きつけようとして……バーティアに抱っこされているせいで床まで尻尾が届かず、空振りに終わっている。

「……それで、クロのその格好が君の言っていた準備なのかな？」

「違いますわぁぁぁ！　こんなはずじゃなかったんですのぉぉぉ!!」

そう言って、クロを抱えたまま座り込みそうになるバーティアの体を、素早く立ち上がり支える。

「……じゃあ、クロがなんでそんな……派手な？　化粧をしているのか理由を教えてもらってもいいかい？」

バーティアにニッコリと笑いかけた後、彼女の腕の中で不機嫌そうにしているクロに視線を向けた。

クロの顔は凄いことになっていた。

瞼《まぶた》には、濃い紫のシャドウ。

唇には、真っ赤なルージュ。

肌は真っ白なのに、頬には濃い目のチークが入っていて、輪郭を細く見せたかったのか頬の左右には暗めの色も入れられている。

細かいところはわからないけれど、それ以外にも眉が描かれていたり、目尻に黒い線が入れられていたり、細かく見ていけば色々手が加えられていそうだ。

……控えめに言って、かなり面白い出来栄えだ。

「クロ、とりあえず君は……先に顔を洗っておいで？　それは君の望んだ姿ではないんだろう？」

私の言葉に、クロがいつもの無表情で、しかしムスッとしたオーラを纏《まと》いながら大きく頷く。

バーティアからクロを受け取り、そのまま口元を押さえて笑いを堪えているゼノに差し出す。

ゼノは渡されたクロを反射的に受け取り、その顔を近くで見て、再び噴き出してしまい彼女に頬を思いっきりつねられていた。

「それじゃあ、ゼノ、クロのことを頼んだよ？　化粧落としは……」

「寝室に置いてある荷物の中ですわ」

「だそうだから、それを持って洗面所へ行っておいで。その間に私は……ティアから話を聞いておくよ」

開け放たれたままになっている扉を示すと、ゼノは笑いを堪えながら「畏《かしこ》まりました」と言って移動を始める。

さて、私もバーティアを座らせて話を聞くとしようか。

……まぁ、この流れだから大体の予想はつくけどね。

「それで、一体何をどうしたらあんな姿になったんだい？」

しょんぼりとうなだれるバーティアを座らせて話を振る。

「……今日は、ゼノのご両親に結婚の挨拶に行く日なんですの」

「うん、そうだね」

「夫となる方のご実家に行くのは、女性にとって一大イベントなんですの」

「うん。まぁ……そうかもしれないね」

私もバーティアの実家に挨拶に行く時は少し緊張……はしなかったけれど、いつもより気を遣った気がする。

面倒だと思いつつも、ノーチェス侯爵に付き合ったりとかね。

「嫁姑問題とか色々ありますもの。最初が肝心なのですわ！」

「ん～なるほどね？」

バーティアの言いたいこともわからなくはないけれど、クロとゼノの両親は既にもう会っているのだから『最初』は済んでしまっているんじゃないかな？

「これはもはや、嫁となる者にとっては戦《いくさ》といっても過言ではありませんの!!」

「……いや、それは過言だと思うよ？」

「……ですから!!」

バーティアがすっくと立ち上がる。

「ねぇ、ティア。私の話を聞いているかい？　私は同意していないよ？」

「戦場に赴《おもむ》くには、戦装束《いくさ》が必要なんですの!!」

「……あぁ、また話を聞かないモードのスイッチが入ったんだね」

「そこで、女性にとっての戦装束《いくさ》といったらやはりお化粧なのですわ！　ここはドドンッと大人の雰囲気を纏《まと》ったしっかり者の嫁を演出すべく、大人っぽい姿にクロを大変身！　……させようと思ったんですの！」

私の言葉に一切耳を貸さずに、気合十分！　といった様子で拳を握り締めて力説していたバーティアが、次の瞬間ストンッと力なく椅子に座り直し、しょぼんと俯《うつむ》く。

なるほど。

大人の雰囲気を纏《まと》ったしっかり者の嫁を演出しようと思って、クロに色っぽい（？）化粧を施してみたものの失敗してあの姿になってしまったということだね。

……ねぇ、ティア。

君、失敗するにしてもちょっと酷すぎないかい？

「それで、あんな風に？」

「最初は大人の象徴である真っ赤なルージュと、クロのきめ細やかな肌をより美しく見せるための白粉《おしろい》でいこうかと思ったんですの。でも……『日本人形』っぽい出来になってしまって、綺麗で可愛いのにちょっと怖かったんですの」

「『日本人形』ってどんな感じの人形なんだい？」

「精巧で綺麗な人形なんですの。でも……人間味がないから怖い気がするんですわ。血が通っていないと言いますか……」

「人形に血が通っているほうが怖くないかい？」

「言われてみれば確かにそうですわ!!」

私の当然といえば当然な指摘に、バーティアはハッとした表情になった後、納得した様子を見せる。

まぁ、でも彼女の言いたいことはわかる気がする。

人間にそっくりな見た目なのに、温もりが感じられないものは、美しければ美しいほど、妙な怖さを感じさせることがあるらしい。

……私はそういった怖さを感じたことはないけれどね。

いつだったか、母上が商人から買い上げた人形を絶賛しつつ、そんなことを言っていた気がする。

「それで、話を戻すけれど、そのクロの姿を見て、君はどうしたんだい？」

「血が通っているように見えるように頬紅を塗りましたわ！　たっぷりと」

「……そう。『たっぷり』と塗っちゃったんだね」

「はいですの。つい……」

多分、ちょっと怖い感じの仕上がりになったことに焦って、いつものクロの愛らしさを取り戻そうと……血色がよく見えるようにやりすぎたんだね。

……それであの頬か。

「それで、血が通っていそうな感じにはなったんですけれど、ちょっと田舎っぽさが出てしまった気がしたので、都会の大人の女性を演出しようと……」

「今度はアイシャドウをたっぷり塗ったわけだね」

「そうなんですの……」

バーティアも自分の失敗にはもう痛いほどに気付いているだろう。

答えていくうちに、顔の角度がどんどんと下がっていく。

「そのあとは、何か違うなと思って色々と手を加えていったんですけれど……」

「最終的に手の施しようがなくなって、私に助けを求めたというわけだね」

……なんでもっと早く、諦めてリセットしようとしなかったんだろうか？

ちょっとしたミス程度ならともかく、あのレベルでの修正は無理だろうに。

というか、仮にできたとしても最初からやり直したほうが楽だと思う。

「ねぇ、ティア。君は自分のお化粧はちゃんとできるのに他人のお化粧は苦手なのかい？」

「自分のお化粧は、以前お会いした化粧の伝道師様が教えてくださったので、失敗はしません！」

「……化粧の伝道師様？」

それはまた、怪しい存在だね。

まぁ、あのノーチェス侯爵が危ない人物を彼女に近付けるわけがないから、大丈夫だとは思うけれど……

「そうですわ！　あれは私がお化粧の楽しさにハマり出した頃のことですの！」

いきなり語り始めたね。

まぁ、気にはなるから聞くけど。

「その頃の私は、悪役令嬢らしく見える、大人で色っぽく冷たく迫力のあるメイクができるようになろうと日々練習していたのですわ!!」

バーティアの目がキラキラしている。

もう既に嫌な予感というか、確信を感じるよ。

「私の悪役令嬢メイクの腕前に、屋敷に住むほとんどの人が恐れおののき、顔を背け、口元を押さえ、震え……」

いや、それはきっと恐れおののいたんじゃなくて、笑いを堪えていたんじゃないかな？

君の悪役令嬢メイクの腕前とやらが、さっきのクロのメイクのような感じだったら、きっと恐れよりも笑いを誘っていたと思うよ？

「お父様とお母様も止めに入り……」

それは……普通の親だったら止めると思うよ？

ノーチェス侯爵夫妻の反応は正しいだろうね。

「それにも負けずに日々精進し続けた私の前に、ある日突然、仮面を被った謎の貴婦人、化粧の伝道師様が現れたのですわ!!」

……止められたのに、頑張っちゃったのか。

そこに、ちょうどよく現れた化粧の伝道師。

何か作為的なものを感じるね。

「お母様の髪色によく似た深紅の髪を持つ化粧の伝道師様は言ったのですわ！」

……よく似たというか……それ、ほぼ確実に本人じゃないかな？

明らかに、タイミング良すぎるし。

そうか。作為的というよりもむしろ苦肉の策で、あの穏やかそうな侯爵夫人が娘の暴走を止めるために捨て身で頑張ったんだね。

それであの夫人が化粧の伝道師……

ご愁傷《しゅうしょう》さま。

「私は化粧の悪魔に目をつけられていて、正しいメイクをしないと大変なことになると!!」

……侯爵夫人、かなり限界だったんだね。

苦肉の策とはいえ、無理矢理すぎるんじゃないかい？

そんなの誰も信じる人はいない……

「それを聞いて私は気付いてしまったのですわ！　私のメイクを見て皆が震えるほど怯えるのは、私の技術の問題ではなく、呪いのせいだったのだと!!」

……うん。バーティア以外には信じる人はいないね。

アルファスタに帰ったら、今後、彼女が変な壺とかアクセサリーとかを騙《だま》されて買わされないように、改めて彼女の周りの者たちに気を付けるよう伝えておこう。

「そこから、私は血の滲《にじ》むような努力の末、化粧の伝道師様が教えてくださった正しいメイクのパターンをいくつも学んだのですわ！　今ではその組み合わせで、自分のメイクはそれなりにできるようになったんですの。ただ……」

バーティアが言葉を濁して、クロたちが入っていった洗面所の扉を気まずそうに見つめる。

「他人にメイクをする際に、うっかりそのパターンを外れると、とんでもないミスをしてしまうというわけだね」

「そうなんですの。他人なら呪いが発動しないかと思って、少しアレンジをしたりすると……時々、とても変な仕上がりになってしまって……。きっと呪いまではいかなくても、化粧の悪魔が悪戯《いたずら》をするんですわ！」

「良かった。あれが『変』だって認識はあるんだね」

「もちろんですの」

……昔の君は、その認識がなかったから、侯爵夫人が頭を悩ませて、変な役を演じるはめになったんだと思うよ。

そこからしたら、君も成長したということだね。

ただ……君の失敗は悪魔のせいではなく、変なアレンジを入れすぎて奇抜になっているだけだと思うよ？

まぁ、今回のクロのメイクは最初の目標設定から間違えていて、さらに「怖い」と感じたことで焦って暴走したのが大きな要因だと思うけれど。

「バーティア、まず前提として……」

そろそろクロが顔を洗って戻ってきそうな気がするから、彼女の認識の訂正に入ろうか。

「子供の姿に擬態《ぎたい》しているクロに、大人っぽいメイクは似合わないと思うよ？」

そう。彼女がやりたかったことはわかるけれど、子供に、大人の色っぽい女性に見せるためのメイクをしてもそうそう似合うことはないのだ。

だって、相手は子供なのだから。

クロは精霊だから、あくまで子供の擬態《ぎたい》をしているだけだけれど、それでも見た目が子供なのにそんなメイクをしたら変な感じになるだけだろう。

「はっ！　盲点でしたわ!!」

私の言いたいことを理解したのか、バーティアが目を見開く。

「あと、戦装束《いくさ》？　心の武装をしようとするのは別に構わないけれど、これから仲良くしようとしている相手に露骨な武装はやめておいたほうがいいと思うよ。親しくなりたいなら、親しみを持てるように柔らかい感じに仕上げたほうが、懐《ふところ》に入りやすいしね」

さっきのメイクの方向性だと、彼女の思った通りのメイクができたとしても、少し攻撃的な印象になってしまうだろう。

意中の男性相手に色っぽいメイクはありでも、その男性の親に色っぽいメイクで挑むのは引かれるリスクも高いからね。

「なるほど！　確かにそうですわね!!　心の中では立ち向かうような心構えだとしても、それを見た目で表現してしまえば、対立するみたいになってしまいますもの!!」

バーティアの表情が覚醒したかのようにパァッと晴れて、目が輝き出す。

うん。軌道修正できたみたいで良かった。

「だから、ベースはクロの愛らしさをそのまま残す感じで、ほんの少しだけ化粧の伝道師？の技術を使って柔らかいイメージになるように仕上げたら？……化粧の悪魔が悪戯《いたずら》をしないようにね」

ニッコリ笑顔で伝えると、バーティアがブツブツ呟きながら「目元はあのパターンで……」とか「その方向性なら口紅は……」とか呟き始める。

漏れ聞こえる言葉を拾った限りでは、私の言葉を参考にほんのちょっと手を入れる程度のナチュラルな仕上がりを目指しているのがわかる。

これでなんとかなりそうだ。

そうこうしているうちに、クロがメイクを落として戻ってきた。

平謝りをしたバーティアが名誉挽回とばかりに張り切って寝室にクロを連れ込む。

クロはまだ少し不機嫌かつ不安そうにしていたけれど、今度は普通に可愛いメイクをしてもらえたため、次に寝室から出てきた時には機嫌も戻っていた。

ゼノも散々クロに笑ったことを咎《とが》められたらしく、戻ってきた時に必死に褒め称えていた。だからクロも最後にはとても機嫌良さげで尻尾まで振り始めるくらいだったんだけど……

「クロ、大変じゃ!!」

一件落着と思ったその時、今度は慌てた様子の闇狐が、不満顔の戴豆《だいず》――クロの父の腕を掴んで部屋に突撃してきた。

「今度は一体どうし……」

今度も一目見てわかった。

「……戦争にでも行くつもりですか？　クロの父上殿？」

なにせ、これから一緒にゼノの両親のところに行く予定の戴豆が、鎧《よろい》を身に付け、大量の武器を抱えていたのだから。

「妾がいくら言っても、持っていくと言って聞かぬのじゃ。これでは喧嘩を売りに行くようなものになってしまう」

困り顔で耳と尻尾をヘタリと下げる闇狐。

父母を交互に見て、状況を確認した後、クロは冷ややかな目を戴豆に向け――

「シャアアア!!」

渾身の威嚇声《いかくごえ》。

そこからしばらくは、クロの威嚇声《いかくごえ》による戴豆への説教が続いたけれど、私たちはそれを見ないふりをして、寝室に広げたままになっているパーティアの化粧道具を片付けに行った。

その後、再び見た戴豆は不満顔をしつつも鎧《よろい》も武器も持っていなかったことを追記しておこう。

＊＊＊

「……ほんに、妾が行ってもいいのかの？　嵐鳥《らんちょう》に迷惑がられたりせんかのう？」

ゼノの実家に行くための準備を終えたところで、クロの母がもう何度目か数えるのも面倒なほどになっている質問をもう一度口にする。

精霊界に到着した直後、偶然会ったゼノの父母――父の縁《えにし》と母の嵐鳥に、挨拶に行くことは既に伝えてある。喜んだゼノの母は、ゼノの姉たちを呼んでパーティーを開くと言っていた。

ちなみに、ゼノに伴侶ができたことは姉たちには内緒にしてサプライズにする……なんてことも呟いていた。

そのパーティーに、是非クロの家族も一緒に来てほしいと言われたため、こうしてクロの両親が一緒に行くことになったのだ。

だが、引きこもり生活が長いクロの母は、本当に自分なんかが行っていいのかといつまでもうじうじと悩んでいる。

パーティアに折角の機会だからと言われ、納得して行くと決めているものの、いざ出発となると不安が増したのか何度も何度も同じ質問を繰り返すのだ。

……もう行くと決まったのだからいい加減腹を括《くく》ればいいと思うのだけれど……何をそんなに悩

んでいるんだろうね。

私はその辺の『不安』という感情がいまいちわからない。

きっと、これは私がバーティア以外にどう思われようとあまり気にしないからなんだろうね。

「大丈夫ですわ！　クロの家族に来てほしいと嵐鳥さんが仰《おっしゃ》っていましたもの‼　師匠、不安かもしれないですけれど、頑張ってくださいませ‼　私もクロも戴豆さんもついていますわ‼」

呆れ気味の私とは対照的に、バーティアはクロの母が不安に駆られて同じ言葉を繰り返す度に励ましている。

いくらバーティアという大切な存在を手に入れ、彼女を通して様々な感情を知ることができるようになったとはいえ、私には彼女のようなことはできないだろうな。

不安を和らげるためのやり取りだと頭では理解していても、『無駄』と思ってしまうのだから。

「そろそろ出発しましょうか。今日は向こうには泊まらず、こちらに戻ってくる予定ですし。あまり遅くならないほうがいいと思いますよ」

チラッと時計を確認して出発を促《うなが》す。

闇の領域は常に薄暗いから、時間の感覚が曖昧《あいまい》になりやすいんだけど、時計を見ると思いのほか時間が経過していることがわかる。

精霊たちは寿命が長い分、時間というものに対して適当だ。

時間という概念自体は存在するから、約束として時間を取り決めていれば守ろうとはしてくれるが、『ちょっと』遅刻した」という時の『ちょっと』の幅はかなり広い。

場合によっては一日とか一週間とかでも『ちょっと』に含まれたりすることすらある。

ゼノやクロのように人間の世界で人間と共に過ごしている精霊たちは、人間の寿命が短いことを身に染みて感じているため、比較的時間を大切にしてくれるし、ほぼ人間と同じ感覚でいるけれど、精霊界の精霊たちはあまり意識しない。

だから、私たちが行くのが遅かったとしても……場合によっては数日遅れたからといって、ゼノの両親的には問題ないんだろうけれど、今日のうちに闇の領域に戻ることが決まっているこちらとしては、下手に遅い時間に到着して深夜に戻ってくるということは避けたい。

それ以前に、バーティアは健康優良児のため、夜会などの特別な行事がない限り、一定の時間になると眠ってしまう。

今回のパーティーを『特別な行事』と認識していれば、起きていられるかもしれないが、身内だけのパーティーでそんなに気を張ることはないだろうし、お酒を飲む可能性を考えると……多分、頑張って起きていようとしつつも、途中からウトウトし始めると思う。

ゼノの実家に泊まるのなら、眠くなったら断って先に寝させてもらえばいいが、今回は引きこもりであるクロの母も同行する。

ただでさえ、闇の領域から出るのが久しぶりで緊張しているクロの母を、他人の家にお泊まりさせるのはさすがにハードルが高すぎるだろう。

そういった事情もあり、今回はパーティーだけに参加し、終わったら闇の領域に戻ってくることにしたのだ。

もちろん、クロの両親だけ帰るという手もあったんだけれど、そこはクロもバーティアも、引きこもり脱出の第一歩を踏み出そうと頑張るクロの母が心配で、一緒にいたかったようだ。

私としてはどちらでも良かったし、ゼノは……実家で姉たちに散々からかわれるのが予測できるため、むしろ実家からは早く離れたいと思っているらしい。バーティアたちの話を聞いて喜んでいた。

「も、もう行くのかえ？　もうちょっと……あと数日くらい準備に時間をかけたほうが……」

私の言葉にビクッと肩を震わせたクロの母がボソボソと呟く。

「準備はもう十分ですよ。向こうに泊まるわけでもないので、荷物もほとんどこちらに置いたままにしていますしね」

「し、しかしのぉ……」

往生際が悪く、何か出発を引き延ばす言い訳はないかと周囲を見回すクロの母。

……うん。もう十分付き合ったし、出発してもいいよね。

「それでは行きましょう」

ニッコリと満面の笑みを浮かべて促《うなが》すと、クロの母はグッと言葉を詰まらせ俯《うつむ》く。

そんなクロの母を、バーティアとクロが彼女の肩や背中をポンポンッと軽く叩いたりさすったりして慰《なぐさ》める。

戴豆は気合を入れるように口元に力を込め、クロの母に腕を差し出してエスコートする体勢を取った。

そこでやっと覚悟が決まったのか、ずっと萎《しお》れたように引きずっていた八本の尻尾をピンッと立て、クロの母が顔を上げた。

ただ、戴豆の腕にかけた手には必要以上に力が入っている。

「闇狐、気を付けて行ってくるのよ」

「頑張るんじゃぞ」

見送りに来てくれたクロの母方の祖父母が励ますように声をかける。

父方の祖父母にあたる紫華と萌綿は、声こそかけなかったけれど、紫華は戴豆に対して「守ってやれ」という感じで強めの視線を向けて頷き、萌綿はニコニコと満面の笑みで手を振っていた。

「わかっておる。行ってくるぞえ」

「行ってきますわ!!」

クロの母とバーティアが返事をし、ゼノと戴豆と私が軽く頭を下げる。クロは「後のことは任せろ!」とでも言うようにビシッと親指を立てていた。

こうして、闇の王の城を出る前に一悶着《ひともんちゃく》はありつつも、私たちはゼノの父母の住む精霊界の中心――精霊王の領域に向かったのだった。

二　バーティア、ゼノの実家に滞在中。

ゼノは精霊王の甥にあたる。

要するに、ゼノは精霊王の一族なのだ。

そのため、ゼノの実家も、精霊王が治める領域にある。

私も実際に精霊界に来るまではよく知らなかったんだけど、精霊界の中心には精霊王が治める領域があり、それを取り囲むようにして各精霊の王たちの治める領域がある。

そして、精霊王の領域には、他の領域に行ける直通のゲートがあるのだ。

そのため、他の領域に行く時に精霊王の領域にあるゲートを使って行くと、時間を短縮して目的地に行くことができる。

私たちもアルファスタから精霊界の精霊王の領域に来て、そこからゲートを使って闇の領域に行った。

逆にゼノの実家がある精霊王の領域に行く時も、そのゲートを使えばあっという間に行くことができる。

私としては、単純に楽で良かったという感じなんだけど、ゼノの実家に行くことに対して心の準備がいまだ整っていないクロの母からしたら、たまったもんじゃないだろう。

実際、精霊王の領域に着いた今、彼女の顔は緊張で青ざめていた。

「ひ、ひ、ひ、久しぶりに闇の領域から出たのぉ。精霊王の領域も久しぶりじゃ。で、でも大丈夫じゃ。妾は全然大丈夫じゃ!!」

……これはあれだね。全然大丈夫じゃないやつだ。

人はなぜ、触れてほしくないことや、触れられると不安になることに言及されると、必要以上に否定するんだろう?

「師匠、大丈夫ですわ！　ちょっと風景が変わっただけですの!!」

バーティアが、耳と尻尾を下げているクロの母に、微妙な励ましの声をかける。

無口を通りすぎてほぼ喋《しゃべ》らない戴豆は、プルプルと震えているクロの母の手をギュッと握り締め、心配そうに彼女の顔を覗き込んでいる。

「そ、そうじゃな！　ちょっと景色が変わっただけじゃ。ちょっと、闇以外の精霊が多いだけ……」

ゲートを通ってすぐの場所は、どうしても人通り……精霊通りも多めだ。

さっき私たちがゲートを使った直後も、別の精霊がゲートから出てきた。

ちょうどクロの母が落ち着こうとしたタイミングでの出来事だったため、クロの母は必要以上に驚き、体を震わせていた。

……せめて出てきたのが闇の精霊だったら良かったんだろうけれど、どう見ても違う属性の精霊だったからな。

闇の領域には闇の精霊以外も住んでいるけれど、そういう精霊たちは、闇を好む引きこもり体質――闇の王であるクロの母に近い性質、性格の者がほとんどだ。そのため、豪快な笑い声を上げながらいきなり現れた炎の精霊に衝撃を受けたのだろう。

「大丈夫じゃ。妾は大丈夫。皆、妾を嫌っているわけではないのじゃ。嵐鳥も妾のことを嫌っているわけじゃないのじゃ」

ブツブツと自分に言い聞かせ始めたクロの母に、思わず苦笑が浮かぶ。

不安のせいか立ち止まってしまったクロの母に、バーティアと戴豆はおろおろし、それを見たゼノが慌てた様子でフォローに入る。

「大丈夫ですよ。本当に母はあなたのことを嫌っていないので。きっと、今も久しぶりに会えると楽しみにしていると思います」

クロも戴豆とは反対隣に立ち、ツンツンと母の服を引っ張って気遣うように首を傾げていたが、ゼノが声をかけたのに合わせて、それに同意するように何度も大きく頷いた。

「精霊たちにとって、ここはいわゆる公共の場ということになるんだろう？　知らない精霊が多く行き来しているここにいるよりも、早くゼノの実家に行ったほうが楽になれると思うよ？」

ゼノやバーティアは、嵐鳥はクロの母を嫌っていない、むしろ可愛いと思って気に入っていると何度も彼女に伝えている。

最初は疑心暗鬼だったクロの母だけど、今はどちらかというとその言葉を信じ始めている状態だ。

それならば、まったく知らない、信じられる要素すらない精霊たちが行き交う場所よりも、信じられそうな人がいるところへさっさと移動したほうが負担が少ないと思うのだけれど……

まぁ、人によっては信じられそうな相手だからこそ、相手がどんな反応をするのか、怖くて不安が強くなる場合もあるらしいけれど……どちらにしても、人が少ない場所に移動したほうがいい。

「そ、そうじゃな。ここでもし昔、妾のことを虐めた奴に会いでもしたら……」

誰のことを思い浮かべたのかはわからない。

昨晩の話を聞いた感じだと、本当にそれが「虐めた」という状態だったかも正直怪しいところではある。けれど、当時のことを思い出し、さらに顔色を悪くしたクロの母の状態を考えると、その相手と会ってしまうようなことは避けたほうがいいだろう。

まあ、その相手がちょうど今ここを通りかかる確率はもの凄く低いから、本来なら心配する必要すらないと思うけれど……それがクロの母の不安を増させているなら、「大丈夫」という根拠のない励ましをするよりも、実際にこの場を離れたほうが有効な気がする。

「なんだか緊張している師匠を見ていたら、私まで気持ち悪い気がしてきましたわ」

バーティアが「うっ」と口元を押さえて肩を震わせる。

……バーティア、君のその気持ち悪さは、緊張が伝染したという理由だけではないと思うよ？

実際に、精霊界に来た時やゲートを通った時など、空間を歪めた移動をする度に、彼女は具合が悪そうにしている。

確かにそういった移動の時には、眩暈《めまい》に近い、グラッとした感じがするから、酔ったような状態になることはおかしくない。

多分、そういう何かしらの要因で気持ち悪くなっているんだと思う。

心配ではあるけれど、しばらくすれば落ち着くことが多いみたいだし、移動にはどうしても空間を歪めたところを通らないといけないから、様子を見るしかない。

ただ、具合が悪くなったり、ふらついて転びそうになったりした時に、きちんと対処できるように心づもりだけはしておこう。

大切な妻が辛そうにしているのは、私も辛いからね。

「おぉ、バーティア。大丈夫かえ？」

具合が悪そうなバーティアを見て、クロの母がハッとした表情になり、尋ねる。

大切な友達であるバーティアの不調を前にしたことで、急に冷静になったのだろう。

さっきまでの動揺など、どこへやら。心配される側から心配する側になり、バーティアの顔を見つめる。

「だ、大丈夫ですわ！　ちょっと胃がキュッってなっただけですの。きっと気持ちが悪いと思ったのも気のせいですわ!!」

大きく深呼吸をし、胃のあたりを軽くさすったバーティアは、自分の体に尋ねかけるようにジッと体を見つめ首を傾げたあと、いつも通りの笑顔で答える。

気持ち悪いという感覚はもう何回か続いているし、きっと気のせいではないと思うけれど……本当にすぐに落ち着いたようだから良かった。

ついさっきまで悪かった顔色も、今はもう復活している。

いや、少しは後を引いているようだけれど、既に回復しかけているのは本当のことみたいだし、完全に大丈夫になるのも時間の問題だろう。

私も心配ではあるけれど、ここで声をかけては折角復活したことをアピールしてクロの母を安心させようとしているパーティアの気持ちに水をさしてしまう。

もしまた具合が悪そうになったら、彼女を休ませることを優先させるけれどね。

「それじゃあゼノ、案内してくれる？」

ゼノの実家が精霊王の領域にあるとはいっても、王城内にあるわけではないだろう。

いや、たとえ王城内にあったとしても案内をしてもらわないと辿り着けないから、ゼノに案内を頼むのは変わらないね。

「ご案内させていただきます。……はぁ」

ゼノは恭《うやうや》しく礼をしたのち、小さく溜息をついた。

きっと、実家で待っている母や姉たちのことを考えて、憂鬱《ゆううつ》になったのだろう。

私に姉はいないから、今の彼の心境はわからないけれど……昨日会った彼の母のような元気な女性たちに婚約者を紹介して冷やかされるのは確かに大変そうだ。

……ポンポンッ。グッ！

既に疲れ切ったように肩を落としているゼノの背中を、クロが軽く叩いて親指を立てて見せる。

あれは、「頑張れっ！」なのか、それとも「私もついているから大丈夫！」なのか。

なんとなくだけど、クロはゼノに対してスパルタなところがあるから、「頑張れ！」という意味合いのほうが強い気がする。

実際どうなのかは、クロに聞けばすぐにわかることではあるけれど、どちらにせよゼノが頑張るしかないのは変わらないから気にするだけ無駄だろう。

というか、そこまで興味もないしね。

「それでは、こちらになります」

婚約者の一連のジェスチャーにゼノは力なく頷き、クロの頭を撫でた後、歩き始めた。

それに対して、戴豆の視線がキッと一瞬険しくなったものの……戴豆には久しぶりに自分の領域——家から出て戦々恐々状態になっている妻をエスコートするという役目がある。そのため、娘たちの邪魔をしたり、それ以上不満を態度に表したりすることはなかった。

戴豆は無口……というか、クロ同様まったく喋《しゃべ》らないため、視線で「うちの娘に気安く触るな！」とアピールをしたところで、私たちに背を向けて歩き始めたゼノには伝わらないことに気付いたのだろう。

きっとここにクロの母がいなかったら、ゼノに飛び蹴りの一つもお見舞いしていたに違いない。命拾いしたね、ゼノ。

バーティアの手を取り、歩き出しながら、「良かったね」という思いを込めて笑みを彼の背中に向けたら、ゼノがビクッとして慌てた様子で振り返った。

……ゼノ、あれだけ殺気の籠《こも》った戴豆の視線には気付きすらしなかったのに、私の温かい笑みにはすぐに振り返るって一体どういうことだい？

振り返ったゼノに向かって、さらに笑みを深めると、今度は慌てた様子でバッと正面に視線を戻し、歩くスピードを速めるゼノ。

……ゼノ、後でゆっくり話をしようか？

「いよいよですわね！　ゼノのお姉様方に会えるのが楽しみですわ‼」

急に速くなった案内役の歩調などまったく気にしない様子で、バーティアがニコニコと笑みを浮かべる。

それに同意するように、ゼノの少し後ろを歩くクロも、バーティアに視線を向けてコクコクと頷く。

そういえば、クロはゼノの実家に行く時も幼女姿のままなんだね。

精霊界に満ちている力の属性についてはよく知らないからはっきりとは言えないけれど、精霊王の司るものは、『調和』ということだった。だから、闇の領域ほどではないにしても、この領域で闇の精霊の力が弱まることはないんじゃないかと思う。

クロは人間界で過ごしている時、「昼間は闇の力が弱まるから、力を節約する」という理由で日中、幼女姿でいるけれど……もし私の推測が当たっているのであれば、それはここではあてはまらない。

要するに、大人バージョンでゼノの実家に行くことも可能だし、そうすればゼノがロリコン疑惑をかけられる可能性も低いと思うんだけど……

あ、私の視線から何かを察したのか、クロが振り返った。

そして、彼女の自慢の尻尾を一振りして「余計なことは言うな」というように目をわずかに細める。

……なるほどね。この姿のままのほうが楽しそうだし、ゼノの慌てる姿が見られるから黙っているってことだね。

私も、ゼノが姉たちにロリコンを疑われて焦る姿を見てみたいから黙っているよ。

他の人たちに気付かれないように、お互いに小さく頷き合って視線を外す。

「そうだね。私も楽しみだよ」

隣ではしゃぐバーティアに視線を戻し、ニッコリと微笑む。

先ほどのゼノとは違い、私の可愛い妻は屈託のない笑顔を返してくれた。

＊＊＊

どれくらい歩いただろうか？

精霊王の城から出るまでに少し時間がかかったが、出てしまいさえすれば、ゼノの実家は本当に目と鼻の先程度の距離だった。

「やっぱり、精霊王の弟というだけあって立派な屋敷だね」

精霊王の城のお隣と言ってもいい位置にある屋敷。

まぁ、お隣ではあっても精霊王の住む城は公《おおやけ》の施設も併設されているためかなり広く、敷地内にある建物も一つではないため、隣という感覚は全然ないけれど。

でも、私たちも普段城に住んでいるため、その辺のことに違和感を覚えることはなかった。

「城ならこんなものだよね」という感じだ。

「伯父が忙しくて対応しきれないと、代わりになんとかしてくれと精霊たちが押し寄せてくることもあるので、広めの屋敷にしたらしいです。あと、精霊が暴れた時に家に被害が出ないように庭も広くしたみたいで」

苦笑しながら理由を語るゼノ。

精霊界には多くの精霊が住んでいるけれど、精霊たちは基本的に自然を好む気質がある。

そのため、一般の精霊たちの生活スタイルはかなり自由らしい。

王たちは自分の領域内の困りごとの対応をすることも多く、何かあった時に頼りやすいよう城に住んでいるが、それ以外の精霊は人間のように家を建てて住んでいる者もいれば、自然の中の自分の好きな場所を棲家《すみか》と定めてその場に居座る者もいる。棲家《すみか》を定めず気ままにあちこちフラフラしている者もいる。

そのため、人間の世界の町や村のように、複数の精霊が家を建てて集まって暮らしている集落みたいな場所はない。

家を建てる精霊も、お互いに距離をおいて建てることがほとんどのようだ。

つまり、精霊たちにとって家というのはなくてはならないものではなくて、なんらかの事情により必要だったり、欲しかったりしたら建てるものということだ。

そして、ゼノの父であり精霊王の弟でもある縁は、仕事をするのに必要だったため、大きな屋敷を建てたということらしい。

人間の世界で人に擬態《ぎたい》して暮らしているゼノたちと一緒にいると、つい精霊も人間もそんなに違いはないと思ってしまいがちだけれど、このあたりが精霊と人間の感覚の違いなのだろう。

ああ、あと、精霊は病気をしないし、暑くても寒くても平気だけど、人間はそうではないから、そもそも家の必要度が違うというのもあるんだろうね。

「さ、中へどうぞ。多分、両親も私たちが来たことにもう気付いていると……」

「いらっしゃ～い。待っていたわよ～」

屋敷の門を開けた瞬間、玄関から……ではなく、屋敷の二階にある大きな窓から、勢いよくゼノの母、嵐鳥が飛んできた。

人間だったら自殺行為だけれど、風の精霊であるゼノの母にとっては文字通り飛んでくることなんて、他愛のないことなのだろう。

「わわわ、凄いですわ！　あんな高いところから、ピューンって来ましたわ‼」

興奮した様子でバーティアが私の腕をバシバシ叩く。

昨日初めて会った際にも、ゼノの母は普通に宙に浮いていたけれど、バーティア的には高いところから勢いよく飛んでくるのと、周囲をフワフワ飛んでいるのではまったく別物らしい。

「ゼノちゃん、来るのが遅いわよ～。昨日からずっと待ってたのに～」

「行くのは明日か明後日かって言っておきましたよね⁉」

「あら、そうだったかしら？　でも、ちゃんとお姉ちゃんたちには今日来るようにって言ってあるから大丈夫よ～。縁がそうしたほうがいいって言うから～」

「父上、心の底から感謝します！　母上の暴走を止めてくれてありがとうございます‼　早めに呼ばれて待たされた後の機嫌の悪い姉さんたちに会うはめにならなくて本当に良かったです」

ゼノの母がのんびりとした口調で発した言葉に、頭を抱えつつ勢いよく突っ込んでいたゼノが、祈るように手を組んで父に感謝を捧げ始める。

自分のせいでゼノがそうなっているにもかかわらず、ゼノの母は「あらあら」と言いながらまるで他人事のようにニコニコと微笑んでいた。

……本当にゼノの母である嵐鳥は、呼び名に似合わずマイペース……いや違うか。彼女は、台風の目のように、自分はのんびりしつつ周りを振り回すタイプなんだね。

そう考えると、『嵐鳥』という名前は彼女にぴったりだ。

「どういたしまして。ああ、でもパーティーとか他の部分はあまり止められていないから、そっちはあまり期待しないでくれるかい？」

突然、男の声がしたのでそちらに視線を向けると、何もない空間からスーッとゼノの父である縁が現れた。

「ゆ、幽霊⁉」

何もない空間に半透明の縁が浮かび上がる瞬間を目撃したらしいバーティアが、私の後ろに隠れ、ギュッと私の背中のシャツを握り締める。

「大丈夫だよ」と小さく声をかけると、恐る恐るという感じで顔を覗かせ、縁の姿を確認し、ホッとした表情になる。

とはいっても、まだ衝撃が残っているのか、私の隣……元の位置に戻った後も、私の服の裾を握り締めたままだけれど。

「あ～っ！　闇狐ちゃんも来てくれたのね！　前に遊ぼうって誘った時は来てくれなかったから今

回も駄目かもって思ってたの。来てくれて嬉しいわ～」

「っ⁉」

嵐鳥の突撃とゼノ親子の言葉の応酬に、完璧に固まっていたクロの母。

思考も動きも停止している彼女の様子などお構いなしに抱きつこうとする嵐鳥の前に戴豆が出て、無言のまま強い視線を向ける。

そして、そのまま両手を前に出して首を横に振った。

「あら、戴豆も来たの？　そういえば闇狐ちゃんの子供っていうことは、あなたの子供でもあるのよね。忘れていたわ～。クロちゃんも可愛い黒狐ちゃんだし～」

闇狐に抱きつくのを邪魔されて、少し拗《す》ねたように唇を尖らせた嵐鳥。

不満を顔全面に滲《にじ》ませつつも、目の前に立ちはだかった戴豆の姿に、ポンッと手を叩く。

「あ、でも無口なところは戴豆似なのかしら？　同じ無口でも、闇狐ちゃんの要素が入るとこんなに可愛くなるのね～」

戴豆、クロ、闇狐の順に視線を移していった嵐鳥が、納得したように「うん、うん」と頷く。

それにしても、嵐鳥。君、ズケズケとものを言いすぎじゃないかい？

夫である縁は隣で苦笑を浮かべているし、息子のゼノは実母の発言に、頭を抱えているよ。

「あ、嵐鳥よ。だ、だ、だ、戴豆だって可愛いところがたくさんあるんえ？」

まるで、戴豆に可愛い要素などないとも取れる嵐鳥の発言に思うところがあったのか、おずおずと闇狐が反論する。

しかし、戴豆の背中にしがみ付き、顔だけ出して小さな声で告げるそれは、反論というにはあまりに頼りない。

相手から寄ってきてくれたとはいえ、久しぶりに会う同世代の高位精霊に話しかけることに、かなり不安を感じているのだろう。

その黒い狐耳は忙しなく動き、尻尾には異様に力が込められているのが見て取れる。

ちなみに、伴侶である闇狐に可愛いと庇《かば》われた戴豆は一瞬目を大きく見開いた後、闇狐のほうを見てわずかに目元を緩ませた。

クロ同様表情があまり動かないためわかりにくいが、醸し出すオーラから嬉しくて仕方ないという気持ちが如実に伝わってくる。

ああ、よく見れば、頬から耳にかけて少しだけ赤みが増しているね。

照れている部分もあるのかな？

「え〜、それは闇狐ちゃんにだけよ〜。昔から、戴豆は闇狐ちゃん以外には冷たいしね〜。独占欲も強いから、女の私が近付くのすら露骨に嫌そうな顔するの。もう嫌になっちゃう」

戴豆の後ろからちょこっと顔を出す闇狐と顔の位置を合わせるように、嵐鳥も体を傾け、不満げに文句を言う。

その内容が予想外のものだったのか、闇狐は「え？　え？」とわずかに頬を赤らめつつ戸惑ったように瞬《まばた》きをする。

対して戴豆は、自分の嫉妬深さをばらされても、「当然！」とでも言いたげに胸を張っている。

「そ、そんなことはないと思うがのう？　のう、戴豆？」

闇狐が、少し上体を前に出して、下から覗き込むように戴豆に視線を向ける。

闇狐の視線が自分に向いたことに気付いた戴豆はすぐに闇狐を見つめ、なぜかその頭を撫で始める。

うん。なんだかとても満足そうな顔しているけれど、闇狐は多分それを求めて視線を向けたんじゃないと思うよ？

実際に、いきなり頭を撫でられて頬を赤らめつつも困惑しているみたいだしね。

「もう、二人はラブラブね～。というか、相変わらず戴豆の愛は重めね～」

二人のやり取りを見ていた嵐鳥が、肩を竦めて首を横に振る。「やれやれ」とでも言いたげな様子だ。

「ほら、いつまでもお客さんを外に立たせておくのは良くないよ。特に今日は人間のお客さんもいるからね。人間は我々精霊よりも疲れやすいんだから早く中に入ってもらわないと」

一連のやり取りを見ていた縁が、頃合と判断したのか、屋敷に入るように促《うなが》す。

「あら～、私ったら、いっけなぁ～い。ささ、皆さん、どうぞ中にお入りくださいな」

嵐鳥がペロッと小さく舌を出した。

「……母上、その年でそのリアクションはちょっと痛……」

「……ん？　何、ゼノちゃん？　何か言った？」

自分の母親の年甲斐もない仕草に恥ずかしさを感じたらしいゼノが、ついツッコミを入れようとして……どす黒いオーラを背負った迫力のある笑顔で反撃された。

……ゼノ、いくら自分の母親でも、女性に年齢の話はタブーだと思うよ？

君は本当に誰に対しても失言が多いね。

「……イエ、ナンデモアリマセン」

嵐鳥の怒気を孕《はら》んだ笑顔に怯んだゼノが頬を引き攣《つ》らせつつ、ぎこちなく答える。

普段はどこかのんびりとした明るい雰囲気の嵐鳥だけれど、ゼノにとっては怒らせると怖い存在なのだろう。

母親というものは、子供にとってはいつまで経っても偉大なものだしね。

「さぁ、皆さん、中へどうぞ」

ゼノの家族にとってはお馴染みの光景なのか、二人のやり取りを見て苦笑しつつも、縁が玄関のドアを開けて私たちを促《うなが》す。

「お姉ちゃんたちはまだ来ていないけれど、もうすぐ来る予定だし、パーティーの準備もできているのよ～」

嵐鳥も、ゼノに向けていた黒いオーラを引っ込めて、いつも通りの明るい笑顔を振りまきながらスーッと縁のもとまで飛んでいく。そして彼の隣に並んで私たちを招き入れてくれた。

「お邪魔しますわ～!!」

「すまぬの。世話になるのじゃ」

「「……」」

バーティアが笑顔で返事をし、続いて闇狐が口元を押さえて少し緊張した様子で軽く頭を下げる。

クロと戴豆は無言のままペコリッと頭を下げた。

……クロと戴豆の動きがまったく同じなのは、親子だからなのかな？

屋敷の中に入っていくメンバーを見た後、私はゼノにチラッと視線を向ける。

「殿下、我が家にようこそ。どうぞお入りください」

いつも通り侍従としての動作で、ゼノがお辞儀しつつ私を中へ促《うなが》す。

「失礼させてもらうよ」

こうして仕切り直しても、さっきゼノが母親に怒られていた姿は忘れないけれどね。

笑みを浮かべて歩を進める私から、ゼノがスッと視線を逸らす。

知り合いの前で母親に怒られるのは気まずいよね。

……私はそんな風に母上に怒られたことはないけれど。

＊＊＊

ゼノの母である嵐鳥が言っていたように、屋敷の中は既にパーティーの準備が済んでいた。

縁が精霊王の弟であり、精霊界の中枢を担う仕事……という名の厄介事処理をやっていることもあってか、この屋敷にも使用人らしき精霊が大勢いた。

ただ、闇の王である闇狐の城と違い、ここで働いている精霊たちは属性もまちまちで色々な姿形をしている。

雰囲気的には、やはり闇狐の城よりも精霊王の城に近い気がする。

「皆様、どうぞこちらへ、なのですぅ」

背中から羽の生えたメイド服の精霊が、広間へ案内してくれる。

嵐鳥曰《いわ》く、私たちの城でいうところの侍女長のような役割をしている精霊らしい。

ちなみに、飛び回りながら案内をする動きが嵐鳥に似ていることでとてもわかりやすいけれど、彼女は風の上位精霊のようだ。

案内された広間には、立食用のテーブルがいくつも用意されていて、その上には既にいくつかの料理が並んでいる。

そのうちの一つには、事前にクロが手渡していたニホン酒といなり寿司もあった。

「フフフ……。折角の顔合わせだし～、皆で和気藹々《わきあいあい》とお喋《しゃべ》りできたほうがいいかなぁって思って、立食パーティーみたいな感じにしてみたのよ～」

それはいいけれど、私たちがいつ来るか明確にわかっていない状態で既に料理を準備しておくのは大丈夫なのかな？

温かいものはまだ並んでいないみたいだけど、冷たいものも常温のものも、あまり長時間放置するのは良くないと思うんだけれど……

嬉しそうにパーティー会場の説明している嵐鳥を見つつ、ついそんなことが気になってしまい、ゼノに視線を向ける。

私の視線とその意味に気付いたゼノがスッと私に寄り、こっそりと耳打ちする。

「……あのテーブルクロスから時狼《じろう》さんの力の気配がします。多分、あのテーブルクロスの上にのせてあるものの時間経過を止めてあるんだと思います」

「なるほど。便利なテーブルクロスがあるものだね。うちにも欲しいけれど……個人で使うのは良くても人前には出せそうにないね」

時の精霊である時狼には、精霊界に来た際に、バーティアたちが手土産として持参したいなり寿司が傷《いた》まないように、時間を停止する力を使ってもらった。

どうやらそれと同じ力が、テーブルクロスにかけられているらしい。

よく見ると、空を飛んでいる案内役の精霊が落とした羽根が料理に当たる前に何かに弾かれるようにしてテーブルの下に落下した。

単純にのせられたものの時間を止めるだけでなく、埃などの異物も入らないようになっているのだろう。

……料理自体の時が止まっていたとしても、その上に埃があったら話にならないしね。

「温かい料理はお姉ちゃんたちが来てから作らせるわね～。テーブルクロスの上に置いておいてもいいんだけど、それだと匂いも漂わなくなっちゃうから、美味しそうって感じが減っちゃうのよ～」

「テーブルクロスがどうしましたの？」

「フフフ……」

私たちの会話が聞こえていたのか、それとも偶然なのか、嵐鳥がテーブルクロスについてチラッと触れる。

けれど、私たちの会話を聞いていなかったバーティアには意味がわからないようで、キョトンとした表情で首を傾げていた。

……バーティアは大雑把なところがあるから、きっと料理が置きっぱなしになっていることに違和感すら持たなかったんだろうな。

嵐鳥はそのこともわかっていて、バーティアの反応を面白がっている部分がありそうだね。

その証拠に、嵐鳥はバーティアの質問にも答えず、楽しそうに笑うだけだ。

ちなみに、クロとクロの両親は精霊だから、既にテーブルクロスのことには気付いていて、当たり前のように受け入れている。

「ん？　あぁ、娘たちもちょうど来たようだね」

不意に、縁が何かに気付いたように庭に通じる窓のほうに視線を向ける。

「あら〜、本当ね。あの子たちったら、競争でもしているのかしら？　凄い勢いで飛んでくるわね〜」

嵐鳥も縁が見ていたのと同じ窓を見る。

私がその窓を見ても何も見えないけれど、どうやら精霊たちには感じるものがあるようだ。

「ティア、こっちにおいで」

状況はいまいちわからないけれど、ゼノの両親の様子とゼノの引き攣《つ》った頬を見ると、この後に何かが起こりそうな予感がする。

念のため、バーティアを近くに呼んで、何かあった時にすぐに彼女を守れるようにはしておきたい。

「……？　セシル様、どうされたんですの？」

バーティアが不思議そうな顔をして私に近寄ってくる。

そんな彼女の腰を抱き、周囲に意識を張り巡らせる。

私同様、戴豆が自分の妻と娘を守るように引き寄せ、背に庇《かば》う配置で窓を凝視した。

その時だった。

ビュウウウ……バァァァアンッ!!

「ゼノォォオ！　お姉様たちのお帰りよ〜!!」

突然、竜巻かと思うような強い風の音が聞こえたかと思うと、皆が注視していた窓が勢いよく開き、室内に強風が吹き荒れる。

「え？　え!?　キャァァッ！」

慌てて、スカートを押さえて捲《めく》れないようにし、身を守るように身を縮めたバーティアの体をギュッと抱き締める。

闇の精霊たちは素早く結界を張り、嵐鳥は慣れた様子で自分たちの周囲に風を起こして身を守っている。

ゼノは私たちの前で、嵐鳥同様、風の力を使って私たちの身を守ってくれているけれど、風の上位精霊ではなく、『風の力も使える』上位精霊なため、一点特化型の嵐鳥に比べるとやや精度は落ちる気がする。

まぁ、ゼノの姉たちも攻撃してきているわけではないから、このくらいなら問題にならないのだけれど。

それより、ゼノ。

君、仮にも私の従者なんだから、この場面では最優先で私たちを守るべきだと思うけど？

今、一瞬、姉たちが来たことに怯んで、出遅れたよね？

少し危なかったんだよ。

……主にバーティアのスカートが。

チラッとゼノに視線を向けると、本人にも自覚があるのか、視線をこちらに向けようとしない。

「ゼノはどこ～」

「あそこにいるわよ、春風《はるかぜ》」

「相変わらず、間抜けな顔をしているわね。我が弟ながらモテなそうだわ！」

「そんなあなたにお姉様からのサプライズプレゼントよ～」

嵐鳥に似たおっとりとした雰囲気の女性がゼノを探すように視線をキョロキョロと彷徨《さまよ》わせ、やや目が切れ長で冷たい印象を与える女性がゼノを指差す。

さらに、目尻がキュッと上がった気の強そうな女性が強めの口調でゼノのことを馬鹿にし、他の女性たちより大人っぽい雰囲気を漂わせた女性がニコリと微笑みかける。

彼女たち四人が、ゼノの姉なのだろうけれど、これは確かにちょっと相手にするのが面倒……いや、大変そうだ。

そんな彼女たちは、勢いよく広間に入ってきた後、室内がパーティー仕様になっていることにも、客である私たちがいることにも一切意識を向けずにゼノに殺到する。

これだけ周りが見えない人たちに囲まれ、構われるゼノは、それはもう苦労したに違いない。

つまり、私程度がかける苦労なんて、なんてことないってことだね。

うん、これからも彼にはもっと頑張ってもらうことにしよう。

「春風、冬風《ふゆかぜ》、夏風《なつかぜ》、秋風《あきかぜ》、あなたたち、お客さんの前で……」

「さぁ、行くわよ〜」

「お姉様たちがあなたのために、伴侶になる子を紹介してあげる」

「感謝して、崇《あが》め奉りなさい!!」

「安心して。可愛くていい子よ。ウフフ……」

嵐鳥が娘たちを注意しようとするが、それを遮《さえぎ》るようにゼノの姉たちがまくしたてる。

完全に嵐鳥の話を聞いていない。

ゼノの両腕を四人がかりで掴んで持ち上げると、呆然としている私たちには一切視線を向けず、外に向かおうとする。

「相手の子を待たせているのよ〜」

「失礼にならないようにさっさと行くぞ！」

おっとりとした感じの女性と気の強そうな女性が窓の外を指差す。

「え⁉　ちょっと、姉上⁉　伴侶ってなんのことですか⁉　私にはもう……」

あまりの勢いに固まっていたゼノが、どこかに連れていかれそうになったこのタイミングでようやくハッとした表情になり、反論しようとする。

「どんくさい男は嫌われるわよ？」

「顔合わせが楽しみね。行きましょう〜」

しかし、時既に遅し。

言いたいことを言い終えたゼノの姉たちは、ゼノの反論などお構いなし……というか、まったく耳を貸さずに勢いよく窓の外に向かって飛び出していく。

「「「いってきまぁぁす!!」」」

「ま、待ちなさ〜い！」

「お、お前たち!!」

来た時同様嵐のように飛び立っていったゼノの姉たちと、連れ去られるゼノ。

慌てて止めようとするゼノの両親。

けれど、風の上位精霊であるゼノの姉たちのスピードは凄まじく、あっという間にその姿は見えなくなった。

「ど、どういうことなのじゃ？　妾の可愛いク、クロの伴侶はどこに連れていかれたのじゃ!?」

「っ!!」

「……」

あまりの出来事に困惑して、オロオロとする闇狐。

言葉こそ発しないが、一目見ただけで怒り狂っていることが丸わかりな戴豆。

目の前で伴侶を連れ去られたことにショックを受けているのか、尻尾を膨らませ、目を見開いたまま固まっているクロ。

バーティアが私の腕から抜け出し、クロに駆け寄ってその小さな体をギュッと抱き締める。

「りゃ、略奪愛は駄目ですわ‼　特に愛し合う二人を引き離すのは絶対にダメですの‼　悪役令嬢になってしまいますわ‼」

クロの頭を撫で、落ち着かせようとしつつも必死に訴えるバーティア。

ここでも『悪役令嬢』というワードが出てくるところが、実にバーティアっぽい。

「そ、そんなことしないわよ～。というか、させないわよ～‼」

「娘たちは少々思い込みが激しいから、きっと何か行き違いがあって暴走したんだと思う。すぐにあの子たちを追って止めてくるから少し待ってもらえないかい？」

ゼノの姉たちがしたことには一切関与しておらず、また、こんな風になるなど予想もしていなかったらしいゼノの両親が困惑した様子で私たちに訴える。

そんな二人の様子を見て、闇狐は少し落ち着きを取り戻したようだ。けれど、結婚の挨拶に来た娘の伴侶が、別の伴侶を紹介すると言ってその親族に連れ去られるなんて場面に遭遇した戴豆は納得がいかないのだろう、怒りを収めようとしない。

まぁ、父親の立場としては、理由はどうあれ、娘が傷つけられる可能性がある場面に遭遇すれば怒るのは当然だろう。

「ごめんね、闇狐ちゃん、戴豆。私がサプライズをしようと思って、お姉ちゃんたちにゼノちゃんが伴侶を連れてきたってことを黙ってたからいけないのよ～。まさか、ゼノちゃんの伴侶候補を見つけてくるなんて思ってなかったの～」

フワフワと浮いた嵐鳥が、不安げな闇狐に近寄ろうとするけれど、怒り継続中の戴豆がそれを阻止するように闇狐の前に立つ。

「戴豆もごめんね～。すぐに連れ戻すから～」

今までだったら、闇狐に近寄ることを邪魔する戴豆に、文句の一つも言っていただろう嵐鳥。

でも、さすがにこの状況ではそれもできないらしく、戴豆の手前で止まって困ったような表情を浮かべる。

「わ、私も……いえ、私たちも一緒に行きますわ！　奪われた旦那様は取り戻しに行かないといけませんの!!　ね、クロ？」

クロを抱き締めたまま、バーティアが宣言し、クロに同意を求める。

クロはやっとショック状態から抜け出せたのか、バーティアに視線を向けた後、嵐鳥と縁を見て決意を秘めた瞳で何度も頷いた。

彼女の尻尾が未だに膨らんでいるのは、まだショックを引きずっているからなのか、あるいは闘志を燃やしているからなのか。

「ところで、お二人は彼女たち……ゼノの姉上たちの行き先をご存じなのですか？」

さっきから、二人はゼノとその姉たちを追うと宣言しつつも、彼女たちが視界から消えてしまっても特に慌てた様子はない。

もしかしたら、精霊ならではの相手の捜し方があるのかもしれないけれど、どちらかというと、行き先がもうわかっているような感じだ。

「えぇ、多分わかるわ〜。あの子たちは最近、いつも同じ場所にいたもの〜」

「私のほうで娘たちに交代でいるように指示した場所があるんだ。交代でと頼みはしていたけれど、ここ最近、娘たちは皆用事がない時にはそこにいたようだから、きっと今回もそこにいるよ」

「そういえば、あそこにはゼノちゃんの伴侶にするにはちょうどいい女の子がいたものね〜。あ、条件としてはって意味よ？　ゼノの伴侶はクロちゃんだからね？」

嵐鳥が、「伴侶にするにはちょうどいい女の子がいた」と言った瞬間、戴豆がギッと睨みつける。

それに気付いた嵐鳥が慌てた様子で訂正した。

……ゼノの失言の多さは嵐鳥譲りなのかな？

「それで、その場所とは、どこなんですか？」

戴豆の睨みに怯んでいる嵐鳥を見て、このままではゼノを取り返しに行くまでに時間がかかりそうだと思い、話を進めるための質問をする。

話の方向性が戻ったことにホッとしたらしき嵐鳥は私を見た後、確認するように縁と視線を合わせ、二人小さく頷く。

再び、私たちへ視線を戻した二人は、はっきりとした口調でこう言った。

「『光の王の城』」

三　バーティア、光の領域に突撃中。

ゼノが連れ去られてから、二時間後。

ゼノの両親と、バーティア、クロ、そして私は光の領域――光の王の城の前に立っていた。

ひとまず、怒り心頭でいつ攻撃を始めてもおかしくない状態の戴豆と、ただでさえ人見知りで不安いっぱいだったにもかかわらず、こんなトラブルに遭遇して戸惑っている闇狐の二人は、一旦闇の領域に帰ってもらうことにした。

戴豆は連れていくと何をするかわからないし、闇狐は引きこもりからの脱出早々、立て続けに知らない場所に行くのは負担が大きいと判断したからだ。

最初は臨戦態勢のまま一緒に行くと訴えていた戴豆だったが、クロの説得と、闇狐を一人にはできないこともあって、渋々引き下がってくれた。

その代わり、投げてぶつける用の豆を、なぜか私が託されたけれどね。

最初はクロの主《あるじ》であるバーティアに渡そうとしていたんだけれど、ふと何かを思いついたような様子で、豆の入った袋と私の顔を交互に見た後、差し出してきたんだよね。

……バーティアよりも攻撃力が高そうだと判断されたんだとしたら、微妙な気分だよ。

間違ってはいないだろうけれど、私はいきなり豆を投げつけたりしないからね。

結局処理に困って、クロに渡したんだけど……クロが、渡した豆を自分の闇の力でコーティングして破壊力が高いものに改良し始めた段階で回収した。

もちろん、改良済みのものも、まだなものも合わせてすべてだ。

精霊同士ならば、相手も身を守る手段はあるだろうし、怪我はしないのかもしれないけれど……パーティアの情操教育上良くない。

折角、面白くて優しくて可愛い妻に育ってくれたのだ。

このままいつか年を取って共に死を迎える時まで、穏やかな世界でのびのびと生きていってほしいからね。

「確認を取るのに意外と時間がかかりましたね」

「私の部下に調べさせて裏付けを取ってから、光の王にうちの娘たちがいるかを確認、さらに訪問の許可を取ってという感じだったからね。どうしても時間がかかってしまったんだよ」

私に非難されたと感じたのか、苦笑しつつ縁が答える。

私としては、別に非難したつもりはないんだけどね。

ただ、一連の流れを見ていた中で、精霊たちがあまりにのんびり動くのが意外だっただけで。

そもそも私たちがいたのは精霊王の領域だ。

つまり、ゲートのおかげで移動時間は短縮できるし、本気で急いで対処しようと思ったら、すぐ行ってすぐに聞いてくることが簡単にできるはずなのだ。

お手軽さからいったら、私がバーティアの部屋の訪問許可を取るくらいのレベルだと思う。

ああ、ゼノの姉たちが光の領域に向かったかどうかの確認もあるから、もう少し時間はかかるだろうけれど、アルファスタにいる私の部下ならば半分くらいの時間でなんとかするだろう。

ん？　なんだかチャールズの「私たちだって無理しているんですよ！」という悲鳴に近い声が聞こえた気がするけれど、きっと気のせいだね。

ここにチャールズはいないし。

要するに、異様に時間がかかったのは、寿命が長く時間の感覚が乏《とぼ》しい精霊たちは、仕事をする上でも比較的マイペースだということだ。

まぁ、この辺は種族的な特徴だろうから、意外には感じても責めてはいけないだろう。

「さぁ、敵城に到着しましたわ!!　クロ、準備はいいですわね！　囚われたお姫様……じゃなくて、王子様を助けに行きますわよ!!」

私と縁が話していると、バーティアとクロが並んで片手を腰に当て、もう片方の手で光の王の城を指差し、宣言する。

あ、クロはバーティアと同じポーズをしているだけで、宣言はしていないよ。けれど、いつもはゆったりと動いている尻尾がピンッと立っているあたり、バーティアの言葉に同調してやる気満々という感じだろう。

……それにしても、『囚われの王子』か。

ゼノはいつからヒロインポジションになったんだろう？

物語に出てくる勇者が助ける姫……のようなゼノの姿を思い浮かべて、思わず「フッ」と笑ってしまいそうになる。

「それで、光の王に訪問の許可を取ってあるということは、このまま訪問させてもらえばよいということですか？」

「ああ、もちろんだ。私たち精霊は自由気ままな者も多いから、訪問の許可を取らずに勝手に突撃してしまう者も結構いるのだけど、今回は念のため許可を取ったから、何も心配はいらない。あとはその辺の使用人に声をかけて、娘たちのもとに案内してもらえば……」

「頼も〜ですわ‼」

「あら、もう勝手に入っちゃえばいいんじゃないかしら？」

私と縁が、どこかに声をかけられそうな精霊はいないかと周囲を見回したその時、バーティアが突然誰もいない門に向かって大きな声で呼びかけ、嵐鳥がフワッと体を浮かせて開いている窓へ向かっていこうとする。

「「……」」

思わず無言になる私と縁。

この中である程度の常識があるのは、私と彼だけのようだ。

「……ひとまず、私はティアとクロがこれ以上大声を上げたり勝手に進んだりしないように止めてきます」

「……それでは、私は嵐鳥が勝手に窓から入っていかないように連れ戻してくるね」

お互いを見て頷き合うと、それぞれの妻のもとへ向かう。

「あら？　おかしいですわね。誰もいないのかしら。念のため、もう一度行きますわよ、クロ！　たの……モガッ」

中から誰も出てこないことに首を傾げ、もう一度王太子妃にあるまじき大声を張り上げようとしたバーティアの口を、ギリギリのところで塞ぐ。

「ん〜っ！　ん〜っ!!」

声を出そうとしたのを邪魔されたのが不満なのか、口を押さえている私の手を外そうと、バーティアが首を左右に大きく動かす。

私はひとまず叫ぶのをやめたことに満足して、その動きに抗《あらが》うことなく手を離した。

「な、何をしますの、セシル様!!　今、いいところでしたのに!!」

「ティア、人の家に行く時にそんな大声を出しては驚かれてしまうよ？」

口を少し尖らせて文句を言うバーティアに冷静に返すと、バーティアはまるで変なことを言われたとでもいうかのようにきょとんとした顔で首を傾げる。

……ティア、いかにも私が変なことを言っているみたいな反応をしているけれど、おかしな行動

をしているのは君だからね？

「で、でも、お城を訪問する際にはこれが正しい作法ですわ！」

「そんな作法はないからね。大体、私たちの住むアルファスタの城でだって、そんな風に門の前で叫んでいる人はいないだろう？」

「はっ！　そういえば、確かに!!」

それ以前に、クロの実家である闇の城の前でも、門から「頼もー」と叫んでも中まで声は届かないって教えてあげたはずなんだけどな？

もう忘れちゃったのかな？

「ああ、そういえば、今のやり取りで思い出したけれど、クロの実家では門柱をノックしたね。ここも同じようなことをすれば誰か来てくれる可能性はあるかい？」

ひとまずバーティアが叫ぶ心配がなくなったところで、クロに確認を取る。

人間が生きる世界では、門柱を叩いても手が痛いだけでなんの意味もないけれど、精霊界でもそれが常識とは限らない。

実際に、クロの家は門柱を叩くと門番が現れた。

それなら、ここも同じ仕組みになっていて、それが精霊界の常識である可能性は十分考えられる。

……考えられはするんだけど、クロが私の質問に「ん？」と首を傾げて、自分の拳と門柱を見比べているから、『常識』ということではなさそうだね。

もしそれが常識なら、縁も最初からそうしているか。

「はっ！　そうでしたわ‼　クロ、門柱をノックするのが精霊界の訪問の礼儀作法なんですの？　え？　違うんですの？」

バーティアに尋ねられて首を横に振ったクロが、バーティアに向かって何かジェスチャーで訴え始める。

「なるほど。常識ではないけれど、便利だからそうしているだけなんですのね。それで、同じような発想をする人が他にもいるかもしれないから、ものは試しで叩いてみようってことですわね‼」

……バーティア、今のジェスチャーでよくクロの言いたいことがわかったね。

私にはクロが拳を振り上げたり手をパタパタと動かしたりしているだけにしか見えなかったよ。

これが精霊と契約者の繋がりというものなのかな？

……いや、違うね。

私もゼノと契約しているけれど、彼がジェスチャーをしたところでわかる気がしないしね。

「待たせて悪かったね。嵐鳥が二階のバルコニーから中に入りかけていてね。連れ戻すのに時間がかかってしまったよ」

「さて、門柱をノックしてみようか」という感じになった、ちょうどそのタイミングで縁が苦笑いをしながら、不満そうな嵐鳥をお姫様抱っこで連れ戻してきた。

そういえば、突っ込んではいけないのかもしれないけれど、二階のバルコニーまで嵐鳥を迎えに行ったのなら、縁も嵐鳥ももう不法侵入の領域に達しているよね。

まぁ、さっきの縁の話だと、精霊たちの中ではそういうこともよくあるらしいから、人間の国でそれをやった時ほど問題にならないんだろうけど。

「それで、クロちゃんたちは今何をしようとしているの～？」

嵐鳥が不思議そうな顔になって、今まさに門柱をノックしようと手を上げているバーティアとクロに視線を向ける。

……どうでもいいんだけど、さっきまで不満そうな顔をしていたけれど、それでも縁の腕から降りる気はないいんだね。しっかりと、首に手まで回しているし。

ゼノの両親は仲がいいみたいで何よりだ。

「実はですわ、クロのお家では門柱をノックすると門番さんが出てきてくれたので、ここでもそんなことはないかなぁと思って試してみることにしましたの！」

「あら、闇狐ちゃんのお城はそんな風になっているのね！　面白そうだわ～。今度行ったら試してみるわね」

ねぇ、嵐鳥。

お試しでノックなんてされたら、門番はいい迷惑だと思うよ？

まぁ、門番を無視して闇の王の城に直接窓から入っていくよりはいいのかもしれないけれど。

「なるほど。闇の王の城には面白い仕組みがあるんだね。でも確かに、便利そうだ。うちでも試してみたいところだけど……私のところを訪れる精霊たちがそのやり方をきちんと守ってくれるわけないか」

縁が遠い目をする。

なるほど。

彼のところを訪れる精霊たちは、彼を頼って……というよりも、いいように使おうとする者たちばかりだから、きっといきなり突撃してくる傍迷惑な精霊が多いのだろう。

自由奔放な者が多い精霊たちの中で、『調和』を司る一族っていうのは大変だね。

調和するためには自分は自由奔放になれないし、自由奔放な人たちを調和させることは、協調性のある人たちを調和させるよりも大変だろう。

「じゃあ、改めて行きますわよ！」

私が縁の日頃の苦労に思いを馳せていると、バーティアが気を取り直して再びノックをしようと手を持ち上げる。

コンコンッ！

「こんにちはですの!!」

私の先ほどの言葉を覚えていたのか、「頼もー」とは言わず、声のボリュームも通常通りのまま、バーティアが門柱に声をかける。

「……」

返事を待つ、無言の時間。

特に変化もないので、諦めて使用人の精霊を探そうかと思い始めた時、突然門柱の一ヶ所がポーッと淡く発光し始める。

「……どうやらここも、闇の王の城と同じような仕組みがあるみたいだね」

もしかしてと思ったが、こうやって門柱に変化が生じたということは、私の勘は当たっていたってことでいいだろう。

光っているところをしばらく見ていると、その光は門柱から分離して、直径十センチほどの淡い光の玉となった。

「蛍《ほたる》みたいですわ!!　綺麗ですわね!!」

バーティアが笑顔になる。

クロはゼノが奪われたままだからか、バーティアのように単純にその玉……おそらく光の精霊の出現に喜ばず、ジッと観察するように見つめ続けている。

「なるほど。最近の城はこういう仕組みを導入しているんだね」

「うちにも門番ちゃんはいるけれど、休憩スペースとして、門柱の中に部屋を作っておくのはいいかもしれないわね～」

さっきはこの仕組みは使えないかもと言っていた縁だったけれど、少し思案しているような様子が見られる。

嵐鳥もこの仕組み……というか、門柱の活用方法に思うところがあるのか、感心した様子で門柱を眺めている。

……それにしても、さっき私たちが彼らの屋敷に行った時に、門番らしき精霊は見当たらなかったんだけれど、存在はしていたらしい。一体、どこにいたんだろうか？

どこか別のところに待機場所があって、ゼノの姿を見て安全だと認識したから出てこなかったとか、そういう感じなのだろうか？

「……我が家の門番は少々サボり癖があってね」

わずかに首を傾げたことで私の疑問を察したのか、ボソリッと縁が呟く。

その声につられるように視線を向けると、彼は気まずそうにソッと視線を逸らした。

……そうか。

どこかで待機していたわけでも、ゼノだから大丈夫と判断して出てこなかったわけでもなく、単純にサボっていていなかったのか。

門番って常駐して、問題ある人間……この場合は精霊か――それが中に入らないようにするための存在のはずなのに、サボっていたらなんの意味もないよね。

なんでそんな精霊を雇っているんだろう？

私だったら、クビにするか、あるいは調教……しっかりと躾《しつ》け直すだろうな。

まぁ、縁には縁の事情があるだろうし、他人の家のことにとやかく首を突っ込むのもどうかと思うから、何も言わないけれど。

そうこうしている間に、分離した光の精霊はスーッと飛んでいき、城の中へ入っていってしまった。

あの飛び方の感じだと、ついてこいという意味ではなく、誰かを呼びに行ったのだろう。

他のメンバーも同じ判断だったのか、私たちはしばらくその場で待機することとなった。

数分すると、城の中から発光しているかのごとく眩《まばゆ》い金髪の男性が、後ろにメイド服の女性と執事服の男性を伴って姿を現した。

「ああ、どうやら光の王、陽獅子《ひじし》が直接出迎えに来てくれたみたいだね」

縁がこちらに歩いてくる光の王……陽獅子を迎えるように一歩前に出る。

……なんだかもうその状態に馴染んでしまって違和感がなくなってきたとはいえ、縁は嵐鳥をお姫様抱っこしたままなんだけれど、それでいいのかな？

「やぁ、よくぞ来られた、縁。今回は何やら面白いことになっているようだな」

名前の通り、どこか獅子の鬣《たてがみ》を思わせるフサフサとした髪の男は、ニタリと笑いながら縁を出迎える。

「娘たちが面倒をかけてすまないね。ひとまず、私のほうから話をして事態を収拾するつもりだから、娘たちのところに案内してもらえるかい？」

少し困ったような表情で答える縁。

彼の腕の中にいる嵐鳥は、陽獅子の黄金の髪が放つ光を鬱陶《うっとう》しく思っているのか顔を背けている。

あの顔からして、嫌っているというほどではないのだろうが……嵐鳥の陽獅子に対する好感度は低めなようだ。

まぁ、少し話しただけでも、陽獅子は暑苦しそうな雰囲気だし、嵐鳥とはあまり合わなそうな印象を受ける。

「ハハハッ！　確かお前の息子がうちの姪の伴侶になるんだったか？　いい話じゃないか!!」

「嫌だわ。ゼノちゃんはここにいるクロちゃんの伴侶になるのよ！　事情は縁が事前に話しているはずなのに、話を混ぜ返さないでちょうだいな」

それがゼノの姉たちの暴走ゆえの行動だとわかった上でからかうように言う陽獅子に、嵐鳥が嫌そうな顔で返す。

連れ去られたのは自分の子だが、連れ去ったのも自分の子だと思うと、あまり強く言えないのか、少し悔しそうにしている。

「クロ？　ああ、あの引きこもり狐の娘か。……ちっこいな。おい、縁。お前の息子ってもしかして……」

「陽獅子。我々精霊に擬態《ぎたい》の年齢は関係ないのはわかっているだろう？　ましてや、クロちゃんは闇の上位精霊でここは光の領域だ。正反対の属性の領域にいる以上、擬態《ぎたい》もそれに応じて力の消費を抑えやすい格好にするのは当然のことじゃないかい？」

……まぁ、クロは力の消費云々の問題だけでなく、この狐耳と狐尻尾の幼女の格好がお気に入りで、この格好で過ごしていることが多いんだけどね。

でも、ここで敢えてそれを口にすると、「ゼノの趣味でそうさせているんじゃ……」って疑惑がさらに深まりそうだから言わないけれど。

「縁も嵐鳥も怒るな、怒るな。ちょっとからかっただけじゃないか。……実際、今回の伴侶の件、お前たちの娘から提案された時はいい案だと思っていたんだ。それがこうも簡単に反故《ほご》になったんだから、多少の意地悪は許してくれ」

前半、あっけらかんと言った後、急に真面目な表情になった陽獅子が少し声のトーンを下げて話す。

彼の雰囲気からして、ゼノが彼の姪とかいう人物の伴侶になることには何かしらのメリットか事情が存在しそうな感じだね。

彼の言葉に、縁も嵐鳥もハッとした様子で少し表情を曇らせる。

ついさっきまでは彼らも単純にゼノの姉たちの悪戯《いたずら》という認識だったが、今の陽獅子の一言で何かに気付いたようだ。

「話に割って入って悪いんだけど、事情を……」

「駄目ですわ！　駄目ですわ!!　クロとゼノは愛し合っているんですの!!　たとえどんなことがあっても二人を引き離すのは駄目ですわ!!」

気まずい沈黙が流れる中、まずは事情を聞かないと対応の仕方も浮かばないと思い、私が声をかけたちょうどそのタイミングで、バーティアが泣きそうな表情で声を荒らげる。

さっきまでクロの味方をしてくれていたゼノの両親が沈黙し、表情を曇らせたことで、雲行きが怪しいと感じたのだろう。

不安げにバーティアのスカートの裾を握っているクロの肩をギュッと抱き締めて、守るようにしながら訴える。

うん。結論としては合っているんだけどね。

でも、そんな泣きそうな顔をしなくても、多分ここにいる人たちは誰もクロとゼノを引き離そうとはしてないと思うよ？

というか、まず向こうの事情を聞くところから始めたほうが、話を進めやすいと思うんだけど？

「だ、大丈夫よ、バーティアちゃん！　ちゃんとお姉ちゃんたちには言って聞かせるからね！」

「陽獅子も今回の話は本気にしてないはずだ。『上手くいけばいいな』程度の話を大袈裟《おおげさ》に言っているだけだから、心配はいらないよ」

バーティアとクロの様子に、ゼノの両親が慌てたように否定の言葉を口にする。

「あ～、そこにいるのがゼノと、そのクロとかいう闇狐の娘の契約者たちか？　悪いな。元々ゼノの姉たちの話には無理があるとは思っていたんだが……ほんの少しだけ期待していた部分もあって、意趣返しをしてしまった。俺たち精霊にとって伴侶という存在は、他人がどうこう言って決められるほどの軽いもんじゃねぇことはわかっている。いくら俺様でも無理矢理添わせるなんてこたぁできないから、安心しろ」

バーティアのウルウルとした目とクロの垂れた耳と尻尾を見て、やりすぎたと感じたのか、陽獅子が気まずそうに頭を掻きながら話す。

ちなみに、バーティアは本気でクロたちのことを心配して目を潤ませているけれど、クロのほうは多少、今どんな反応をすると場をいい方向に持っていけるかの計算も含めての表現だと思う。

もちろん、いくらクロでも伴侶が攫《さら》われ、別の女を紹介されている状態に不安を感じているのは間違いないと思うけれど。

「とりあえず、ゼノは返してもらうけど、そちらの事情というのも念のため、聞いてもいいかい？何か我々に協力できることがあるかもしれない」

「たかが人間がか？」

少し馬鹿にするような口調で陽獅子が尋ねてくる。

「たかが人間だからこそ、視点が変わって気付くこともあるだろう？　どんな種族であれ、自分の力を過信して他者の存在や言葉を蔑《ないがし》ろにすれば、得られるものが減るのは当然のことじゃないかい？」

それに対して私がニッコリと満面の笑みで返答すると、陽獅子は一瞬体をビクッとさせ、わずかに背を丸めた。

「……近頃の人間は末恐ろしいオーラを持ってるもんなんだな」

「ハハッ。私も精霊王のおつかいでたまに人間界に行くことがあるけれど、彼のような人間は他に見たことがないよ。それに彼はゼノの上手《うわて》をいって契約を結ばせた経歴の持ち主だからね」

……縁に陽獅子。それを私の前で言うのかい？

まったく。私はただ妻を愛する普通の王太子だというのに。

「セ、セシル様は凄い方なんですの!! もの凄く頭がいいんですわ!! だから馬鹿にしちゃ嫌ですわぁぁぁ!!」

そんなことを考えていたら、私が馬鹿にされたことに気付いたのか、可愛い妻が泣き出してしまった。

「ティア、私は気にしていないから大丈夫だよ」

バーティアの肩をソッと抱き寄せて、その背中を優しく撫でて宥める。

さっき、バーティアの涙目に焦ったばかりだった陽獅子は、本格的に泣き出した彼女を見て、ギョッとした様子で手を上げたり下げたりおろおろし始める。

なるほど。

いくら精霊でも……いや、人間よりも純粋性の高い精霊だからこそ、泣く子には勝てないということか。

あ、間違えたね。

バーティアは泣く『子』じゃなかった。

あまりにも可愛いからつい、間違えてしまったよ。

「光の王、私の妻を泣かせないでくださいますか？」

「お、俺がいけないのか？　俺は別にそっちの嬢ちゃんに何か言ったわけじゃ……」

「妻は私のことをとても愛してくれているので、私が虐められると一緒に傷ついてしまうんですよ」

慌てている陽獅子に今が攻めるチャンスだと思い、非難じみた視線を向けると、明らかに彼は動揺した。

多分、彼の中では私自身が馬鹿にされて怒るか、黙り込むかどちらかだと思っていたんだろう。

それが、私に反撃された上に、バーティアが泣き出すという予想だにしない展開になったことで、テンパっている。

別に彼と取引や交渉がしたいわけではないけれど、折角のチャンスだから、こっちに優位な関係性を作り上げておこう。

「一緒に傷つくって、お前さん、多少攻撃されたからって傷つくような玉じゃないだろう？」

「いえ、とても深く傷つきました」

「嘘つけ!!」

視線を少し落として傷ついた演技をしてみる。

そういえば、今までパーティア関係以外で傷ついた経験ってないから、あまりよくわからないな。

まぁ、一般的な傷ついた顔を作っておけば問題ないだろう。

「セ、セシル様が、き、傷ついてしまいましたわぁぁ!!」

パーティア、その反応は今の場面ではとても助かるんだけど、君、私との付き合いはもう長いよね?

この程度のことで私が傷つかないことなんて、もうわかっててもいいと思うんだけど。

演技中だったにもかかわらず、思わず苦笑を浮かべてしまう。

そんな私たちの様子を見て、クロは「やれやれ」と肩を竦め、嵐鳥はキョトンとし、緑は私同様苦笑を浮かべている。

肝心の陽獅子は「あ~も~、どうすりゃいいんだ!!」と頭を抱え始めた。

うん。彼にとって、ある意味パーティアは天敵っぽいね。

彼のようなタイプは、下手に攻撃力が高い存在よりも、か弱くて攻撃したら壊れてしまいそうな存在のほうが相性が悪い。

あんな風に嫌味な言い方をしてきても、多分、根は優しいのだろう。だからこそ、強くない相手には、壊さないように慎重にならざるを得ない。

「さて、冗談はさておき」

「冗談だったのか!?」

そろそろ話を本筋に戻そうと、演技をやめてそう告げると、陽獅子が声をわずかに荒らげる。

「あまり大きな声を出さないでくれるかい？　妻が私のことを心配して泣いたのは冗談でもなんでもなく本当のことなんだから」

「要するに、お前は悪ふざけをしていたと」

陽獅子がジロッと睨んでくる。

「友好関係にあるはずの人間の国の王族をおふざけでも馬鹿にするから、そういうことになるんだよ」

笑顔でしれっと答えると、ガクッと疲れた様子で肩を落とす陽獅子。

ああ、そうだ。彼のことはどうでもいいけれど、私のことを心配して涙を流している可愛い妻のことはなんとかしないといけないね。

「ティア、私のことを心配してくれてありがとう。でも大丈夫だよ。私は誰に虐められても、君という心強い味方がいれば傷つくことはないから」

泣いているバーティアの頭を抱き寄せて、そっと撫でる。

「本当ですの？」

「もちろんだよ。だから、もう泣きやんでくれるかい？　君が泣いているほうが私は傷つくから」

彼女の頬を濡らしている涙をそっと拭う。

それにしても、今日の彼女はいつにも増して感情の起伏が激しい気がするな。

どうしたんだろう？

まぁ、どんな彼女でも私にとっては可愛い妻だから、別にいいんだけど。

「はっ！　それはいけませんわ‼　セシル様、私はもう大丈夫ですの。だから、もう傷つかないでくださいませ‼　それに、もし誰かがセシル様のことを虐めようとしたら、元一流の悪役令嬢であるこの私が撃退して差し上げますわ‼」

ハッとした表情で顔を上げ、勢いよく顔を拭ったバーティア。

その後に決意を新たにするように、グッと拳を握る。

そんな私たちのやり取りを見た陽獅子は、「そいつが虐められる姿が想像つかないんだが？」と呆れまじりに呟く。

でもまぁ、これだけやっておけば、バーティアに泣かれることを恐れて、今後意地の悪い行動は取らないだろう。

バーティアが悪役令嬢として陽獅子を撃退することはできないけれど、彼女の涙は陽獅子撃退に効果的だからね。

とはいっても、私だってバーティアを泣かせるのは嫌だから、実際には「泣くかもしれないぞ～」という牽制にしかならないんだけどね。

「ありがとう。気持ちだけもらっておくよ」

ニッコリと笑みを浮かべ、彼女の発言自体は流す。

ここで下手に煽ると、彼女の暴走を誘発してしまうかもしれない。

それはそれで楽しそうだけれど、今はゼノを取り返すのが優先だからね。

……そろそろ、クロの「早くしてよ」という視線も痛くなってきたし。

「それじゃあ、ゼノのいる場所に案内を頼めますか、光の王、陽獅子様？」

「わざとらしい言い方はよせ。『様』なんて付ける気など本当はないだろう？　とはいえ、お前の言う通り、いつまでもここで話し込んでいても意味がないな。向かうとするか」

「道すがら先ほどの説明をお願いしますね、陽獅子様」

満面の笑みを浮かべ、わざとらしい敬語と敬称で陽獅子に話しかけると、陽獅子が嫌そうに顔を歪める。

「やめろ、やめろ！　なぜかお前の笑顔を見ると背筋がゾワッとするんだ。俺が悪かったから、もうやめてくれ!!」

「失礼だな。私は誠心誠意丁寧に接しただけですよ」

「どこが『誠心誠意』だというんだ。というか、お前には悪意しかないだろう。この魔王め」

……おや、おかしいな？　なぜこんなところにまで『魔王』呼びが普及しているのだろうか？

ああ、ゼノのせいだね。きっとそうだ。そうに違いない。

私が心の中で頷き、陽獅子に視線を向けると、彼はスッと私から視線を外した。

「……行くぞ。ついてこい」

そしてそうボソッと呟くと、そのまま私たちに背を向け、歩き始めてしまった。

仕方なく、私たちも彼の後についていく。

「いや、悪いね。娘たちの行き先がここだとわかった時点で状況を説明しておけば良かった」

「一応、個人的な内容だから勝手に教えないほうがいいと思っていたのよ〜。でもお姉ちゃんたちがここにゼノちゃんを連れてきた段階で無関係の可能性は低かったんだから、伝えておいたほうが良かったわよね〜」

ゼノの両親が私たちに並ぶ。

話しやすくするためか、あるいは縁が歩きやすいようにするためか、やっと嵐鳥が彼の腕から離れ……フワフワと浮いた状態で彼の首に背後から腕を回している。

あの感じ、どこかで見た気がするんだよね。

どこだったたか……

「……なんだか旗みたいですわね」

私のエスコートを受けて歩いていたバーティアが、私にだけ聞こえる声でボソリッと呟く。

あぁ、それだね。

縁がポールで、腕を回して浮いている嵐鳥が横長の旗のように見える。

バーティアも同じことを考えていたと思うと、ついフッと口元が緩んでしまう。

「移動している間に説明していただいても？」

「ああ、構わない。そうだろ、陽獅子？」

「別にいいぞ。まぁ、期待はしてないが、何かいい知恵でもあったら教えてくれや」

縁が念のため陽獅子に確認を取ると、彼はチラッとこっちを見た後、すぐにプイッと顔を戻して

そう答えた。

どうやら、すっかり彼に苦手意識を持たれてしまったようだ。

まぁ、嫌がらせをしてくる感じではなく、むしろ向こうが逃げていきそうな雰囲気だから別に構わないけれど。

これがもし上司と部下だったら仕事上困ったことになるが、私と陽獅子はそういう関係ではないからね。

それに何か聞きたいことやしてほしいことがあれば、遠慮なく捕まえるだけの話だし。

「それじゃあ、これからゼノの姉たちがゼノの伴侶候補としようとしている相手……光の王である陽獅子の姪っ子である光雀《こうじゃく》について、事前に少し話させてもらうよ」

「ええ、お願いしますね」

私が答え、バーティアもコクコクと大きく何度も頷く。

彼女のスカートにくっついたままのクロも、その瞳に敵愾心《てきがいしん》を燃やしつつ縁に視線を向けている。

ゼノの意思ではないが、親族により婚約者候補として紹介されようとしているお嬢さんのことだ。

クロにとってはライバルであり、事前に少しでも情報が欲しいところだろう。

「……ゼノはモテて幸せだね」

誰にも聞こえない声でボソリッと呟く。

少なくとも、自分が伴侶と定めた女性にこんな風に嫉妬されるのは嬉しいだろう。

……その分、少々面倒な感じになりそうな予感がするけどね。

ゼノにこの後どんな災難が待ち構えているかを想像しつつ、私は緑の話に耳を傾けた。

四　バーティア、クロのライバルの部屋に突撃中。

「なるほど。元々、ゼノの姉上たちがこの城に滞在していたのは、光の王の姪っ子の体質をなんとかするためだったということなんですね」

光の王の城は、『屋敷』ではなく、『城』と呼ぶのにふさわしい広さがあった。

そのため、私たちが話し込んでいた入口あたりから、ゼノたちがいるという二階の部屋に着くまでに、彼女についての話を聞く時間は十分あった。

それにしても、当然なのかもしれないが、闇の王……クロの母が治める城と、光の王である陽獅子の治める城ではまったく違うものだね。

闇の王の城は使用人の数は必要最低限で、外観は漆黒の堅牢な雰囲気、城の中は静かで落ち着きがある感じだった。

対する光の王の城は、一言で言うと絢爛豪華《けんらんごうか》だ。

外にいた時には人の姿が見えず静かだったにもかかわらず、城内に入ると大勢の使用人が行ったり来たりしていて忙しない。

しかも使用人たちの見た目も華やかな者が多く、光の精霊なだけあって、闇の精霊と違い色合いも白っぽい。

さらに調度品も豪勢なものがいっぱい置かれており、それぞれが発光しているわけでもないのになんだか明るく感じる。

ああ、もしかしたら、闇の領域が全体的に薄暗いのと一緒で、光の領域は他の領域に比べて明るく感じるのかもしれない。

よく見ると、闇の力が弱いからか、闇の領域はもちろん、精霊王の領域と比べても影が少なく、薄い気がする。

闇の領域も不思議な場所だと思ったけれど、光の領域も不思議だね。

さて、そんなことよりも今聞いた話を整理しないと……

縁が話した内容をまとめようと思ったところで、隣からバーティアの涙声が聞こえてきた。

「うぅ……。姪っ子ちゃん、可哀想ですわ！　でもゼノはクロのなんですの～」

驚いてそちらを見ると、クロに手渡されたハンカチで潤んだ目元を拭きながら、「ダメダメ」と小さく何度も首を横に振っている妻の姿があった。

なるほど。今の縁の話を聞き、陽獅子の姪っ子に同情して泣き始めてしまったんだね。

バーティアは悲しい物語を読んでもよく涙しているから、この涙もそれに近いものだろう。

そんな風に納得していると、私の前を歩いていた陽獅子が後ろを振り返り、泣いているバーティアを見てギョッとしたかと思うと慌てて前を向いた。

泣いている女子供の対応が苦手なのだろう。

私がいることをいいことに、見なかったふりをしてこの場をやり過ごそうとしているのがありありとわかる。

まぁ、今はそれでもいいかな。

妻を慰《なぐさ》める役を他の男に譲る気はないしね。

「大丈夫だよ、ティア。今の話だと、何か要因があってこの状態になっていると思うから、それを解決すれば問題はなくなる。それに、もし良くなるのに時間がかかるにしても、ゼノじゃなく、今まで通りゼノの姉上たちが対応すればいいことだからね」

頭をよしよしと撫でると、バーティアが「本当ですの？」と不安そうに私を見上げ、首を傾げる。

……本当は本人にもまだ会っていないし、調査もしていないから実際のところはわからないけれど、妻を安心させることが夫としての最優先課題だから、ここは敢えて余裕っぽく見えるように笑みを浮かべておこうかな？

「わかりましたわ。クロも安心してくださいませ！　ゼノはもうクロの伴侶になることが確定していますもの。何があってもそこは覆《くつがえ》りませんわ！　いえ、私が覆《くつがえ》させませんわ!!」

相変わらずバーティアのスカートの裾を掴んだままのクロに、バーティアが力強く宣言する。

クロは表情があまり変わらないから、バーティアが一方的に語りかけているだけにも見えるけれど、いつにも増してバーティアにベッタリだったり、忙しなく耳や尻尾が動いたりしているあたり、不安は感じているのだろう。

「それにしても、精霊には面倒な体質の子が生まれることがあるんだね」

「多くはないけどね。人間でいうところの先天性の病のようなものだよ。環境さえ整えておけば、いずれは良くなるものだってことが唯一の救いかな」

縁も気の毒そうな表情になっている。

道すがら聞いた話によると、陽獅子の姪の光雀は、生まれた時から他の精霊の力の影響を受けやすい体質だったらしい。

精霊の中にはこうした体質を持った子が時々生まれるとのことだが、本来であれば大人になるにつれて勝手に安定していくものだそうだ。

だから、そういった体質の子が生まれると、力が安定するまで自分の属性の力が強い領域から出ないようにする。他の属性の影響を受けて調子を崩さないようにするためだ。

つまり、光雀は生まれてからずっと、光の領域からほぼ出ることができず、出られても調和の力に満ちていて、安定しやすい精霊王の領域までしか行けなかった。

そうすることで精霊として大人になる頃には力が安定し、普通にどこへでも行けるようになるのだが……光雀は大人になってもなかなか安定せず、時間がかかったらしい。

「まぁ、こういうことは少ないが、なくはない。うちの姪は大人になってからも安定するのに時間がかかっていた。だが、個人差もあるからな。少しずつでも安定に向かっているうちは、そこまで心配していなかったんだ。だがな、もうちょっとで落ち着くという段階で、なぜか再び力が不安定になり始めちまった。んで、調和の力を持っている縁に相談したってわけだ」

縁が説明している時は黙っていた陽獅子だったが、ちゃんと話は聞いていたらしく、説明がほぼ終わった段階で補足をしてくれた。

「私たち、精霊王の一族が持っている調和の力は、不安定な力を安定させる効果もあるからね。光雀が大人になって力が増した今、不安定な力が暴走するとちょっと面倒なことになる。だから、陽獅子から相談を受けた段階で、保険的な意味も含めて娘たちに光雀が安定するまで交代でそばにいるように頼んだんだよ」

ゼノやゼノの姉たちは、母親である嵐鳥の風の精霊としての力を濃く引き継いでいるものの、精霊王の弟である縁の調和の力も多少は引き継いでいる。

縁本人は色々と仕事があって、光雀にかかりきりになれないため、代わりに比較的自由がきくゼノの姉たちに頼んだのだろう。

「あの、質問ですわ！」

縁と陽獅子の話を真剣な顔で聞いていたバーティアがバッと手を上げる。

この動作は質問したいからあててくれということだろうか？

「なんだい？」

縁がバーティアに声をかけると、バーティアはコテンッと首を傾げて質問する。

「調和の力を使って姪っ子ちゃんの不安定な体質自体を治すことはできないんですの？」

珍しく、まともな質問だ。

「そうだね。それができれば一番いいんだけど……それは難しいんだよ」

バーティアの質問に頷いた縁だったけれど、すぐに困り顔になった。

「なぜですの？」

「不調が先天性のものだからだよ。発生した力を調和の力で整えることはできても、本人自身を変えることはできないんだ。いや、正確には『しないほうがいい』かな？　特に他の精霊の力を受けやすい体質を持っている彼らに、強い調和の力を使ってしまうと、根源が変質してしまう恐れがあるからね」

縁の話によると、他の精霊の影響を受けやすいのはあくまでその精霊生来の性質であるため、そこを無理矢理調和の力で変えることは、その本人を別の存在に置き換えるようなものなのだそうだ。

イメージ的には、火の精霊を水の精霊にしてしまうような感じだろうか？

精霊は人間とは違って、力そのもののような存在だ。

力の源である『司るもの』……例えば焚火《たきび》の精霊にとって、焚火《たきび》は力の源であり、自分自身とも言っていい。

それを変える……焚火《たきび》の火を蝋燭《ろうそく》に移したり、水で消したりしてしまえば、それはもはや焚火《たきび》とは言えなくなってしまう。

人間なら、着替えようが雨に濡れようが、その人自身はまったく変わらないけれど、精霊にとって司っているもの、自分を形作る力の根源が変化するというのは、それだけ大きな意味があるのだろう。

そのため、まだ根源が安定していない状態の精霊に、調和の力を使い根源に影響を与えながら体質を治したら、たとえ体質が治ってもそれはもはや以前の精霊とは別の存在になってしまうらしい。

よって、調和の力を持っている精霊王の一族であっても、やれることは本人が生み出した不安定な力を整えるという対症療法的なアプローチか、調和の力を少しずつ使い、本人が本来持っている力を安定させるための能力が成長するように促《うなが》すという気の長い方法のみ。

「一応、今は娘たちが少しでも早く光雀の力が安定するように、彼女が本来持っているはずの安定のための力に働きかけているみたいなんだけど、何かが邪魔をして上手くいかないみたいなんだよ」

「ふ〜ん、なるほどね。その『何か』が何かわからないということだね」

娘たちから一応進捗《しんちょく》報告を受けているらしい縁が、残念そうに頷く。

確かに、今までの話を総合すると、現段階では現状維持がベストそうだね。

これで原因がわかれば、また対処のしようがあるんだろうけれど、そこがわからない以上は下手なことはできないし、たまたま体調の問題で不安定になっているだけという可能性も考えられる。

「ああ。でも、不安定とはいえ、今まで通り光の領域、もしくは精霊王の領域にいる分には問題ないはずだし、そこで他の属性の精霊と会うのも大丈夫だと思うよ。ただ娘たちは、光雀と一緒にいることで情が湧いたのか、彼女が少しでも安定しやすい状況を作ろうと思って伴侶候補として調和の力を持ったゼノを連れていったんだと思う」

「まったく～、伴侶というのはそんな理由で決めるものじゃないのに、困った子たちだわ～。あの子たち、自分が伴侶はおろか恋人もいないから、そういう恋愛に関する機微がわからないのよ、きっと～」

自分の娘たちの短絡的な行動に、縁は眉尻を下げ、嵐鳥は頬を膨らませて「会ったらお説教ね！」と怒っている。

「つまり、ゼノの姉上たちは、仮に今の状況が長引いたとしても、調和の力を持っているゼノを伴侶にすることで、光の王の姪が幸せに過ごせるようにしたいというわけだね。……当事者たちの感情を置いてきぼりにして」

一番肝心のものを置いてきぼりにしたら、上手くいくものもいかなくなるのがなんでわからないんだろう？

まぁ、今回に至ってはクロという存在がある以上、どうやっても『上手くいかないもの』だったんだけどね。

「あの子たちは猪突猛進《ちょとつもうしん》なのよ～。まったく、誰に似たのかしら～」

「「……」」

私と縁と陽獅子の気持ちがおそらく揃った。

間違いなく嵐鳥に似たんだろうと。

「わかりましたわ‼　要するに、ゼノに既にクロという可愛い伴侶がいるとわかれば、この計画はもうおじゃんになると理解してもらえるということですわね‼」

一生懸命頭を抱えて頭の中で話を整理していたであろうバーティアが、パァッと表情を明るくし手をパチンッと叩く。

……確かに彼女の言っていることはおおむね合っているんだけど……今頃その事実に気付いたのかい？

そもそも、ゼノは彼の姉たちの勘違いで連れ去られはしたけれど、精霊にとって伴侶になるということは特別な意味を持つ。

一度決めた相手を変えることはないのだから、どの道ゼノが略奪されることはない。

あとは物事が丸く収まるか。

ただそれだけなんだけど……

「おっ、光雀の部屋が見えてきたぞ」

陽獅子がそう告げてから数秒後。

彼と彼に付き従っていた光の精霊たちの足が止まり、それに合わせるように私たちの足も止まった。

「ここが光雀の部屋だ。お前の娘たちも一度出ていった後、すぐに戻ってきたと部下から聞いているから、ここにいるはずだ」

「悪いね。案内してくれて、ありがとう」

陽獅子が親指で光雀の部屋を示し、縁がお礼を言う。

そして、いざノックをしようとしたその時だった。

「ですから！　私にはもうクロという愛らしい伴侶がいるんですって‼　だからそのお嬢さんの伴侶にはなれないんです‼」

扉の向こうからどこか疲労感が滲《にじ》む、ゼノの必死の訴えが聞こえてくる。

「まぁまぁまぁ！　クロ、良かったですわね！　『愛らしい伴侶』ですって」

バーティアは一緒に聞いていたであろうクロに嬉しそうに小声で報告する。

……プイッ。

バーティアの言葉を聞いて、クロは「知らない！」とでも言うように顔を背けた。

その頬も耳もわずかに赤らんでいる。

しかも彼女の感情を表すように、フサフサの黒い狐尻尾が左右に揺れていた。

どうやら彼女は照れつつも喜んでいるようだ。

「はっ。仲がいいみたいだな。こりゃ、光雀に勝ち目はないな」

なんだかんだ言いつつも、姪のことを心配している陽獅子が少し残念そうに、しかし吹っ切れたように諦めの言葉を呟く。

「さ、じゃあ、さっさとそっちの嬢ちゃんの伴侶を連れ戻すとするか」

陽獅子が連れてきた使用人に来訪を告げるように顎《あご》で合図をした。

コンコッ……

「ゼノ、見栄ばっかり張ってると反対に痛々しいわよ？」

「私たちに伴侶がいないのに、一番年下のあんたに伴侶なんてできるわけないじゃない！　こんな魅力的なお姉様にいないっていうのに!!」

「ゼノちゃんは奥手だものね～」

「大丈夫よ、ゼノちゃん！　優しいお姉ちゃんに任せておけば上手くいくから」

室内から聞こえてくる姦《かしま》しい声に、思わずといった感じで、ノックをしかけていた使用人の手が止まる。

…………

しばしの沈黙の後、使用人が確認するように振り返り、陽獅子に視線を向けてから、再び扉に向き直る。

「コホンッ」

小さく咳ばらいをした後、仕切り直して今度こそしっかりとノックをした。

扉の向こうから響いていたゼノの姉たちの声が、ピタリと止まる。

「……誰？」

部屋の中から、可愛らしい印象の小さめの声が返ってきた。

おそらく、この声の持ち主こそが光雀なのだろう。

……ゼノの姉たちのテンションとはまったく違うから、容易に判断がつく。

「光雀様、陽獅子様とお客様がお見えです」

使用人が返事をすると、パタパタという小さな足音が聞こえた後に、キィィッと小さな音を立てて、扉が開く。

「伯父様と……お客様？　私に？」

顔を出したのは、プラチナブロンドの髪を三つ編みにした、十五、六歳くらいに見える紫の瞳の少女だった。

……陽獅子の印象が強すぎて、もっと明るい子をイメージしていたけれど、どちらかというと大人しそうな感じの子だ。

さっき、ゼノと彼の姉たちが言い合っている時に、彼女の声が聞こえてこなかったのは、もしかしたら勢いに押されて何も言えなかったのかもしれない。

「光雀、突然すまんな。お前に客――というよりもお前の客に客という感じだ」

大人しそうな光雀に合わせてか、陽獅子は私たちに話す時よりも幾分口調を柔らかくして話しかける。

光雀は首を傾げつつ少し体をずらして、こっちを窺《うかが》ってきた。

「あ、もしかして、縁様に嵐鳥様でしょうか？　いつも姉様たちにはお世話になっております。その上、今回はゼノ様という素敵な殿方まで紹介してくださって……」

「フシャーッ！」

自分の伴侶を男性として紹介されたと告げられ、思わずといった感じなのだろう、クロが威嚇《いかく》の声を小さく上げる。

「キャッ！　なんですの、その方は！　いきなりそんな風に威嚇《いかく》してくるなんて非常識ですわ！」

ビクッと体を強張らせた光雀は、数歩下がってクロを非難するように声を上げる。

確かに、事情を知らなければいきなり喧嘩を売られたようなものだろうけれど……すぐにこれだけ文句を言えるということは、彼女は見た目ほどおとなしい性格ではないのかもしれない。

見た目通りの性格だったら、クロに威嚇《いかく》された瞬間に怯えて何も言えなくなったり、目の前にいる伯父に助けを求めたりするだろうからね。

「突然の来訪、すまないね。君の言うように、私が縁、彼女が私の伴侶の嵐鳥。この二人の人間はゼノの契約者であるセシル殿と、今君を威嚇《いかく》したクロちゃんの契約者であるバーティア嬢だよ」

口元に手を当てて怯えたような仕草でクロをジッと見つめる光雀を安心させるように、縁が穏やかな声で紹介をする。

光雀は、その紹介を聞いて私たちへの警戒は緩和させたが、クロへの警戒は緩めることはない。

まぁ、縁の今の紹介ではクロの立場が明確ではないからね。

「え？　クロ!?　それにセシル殿下にバーティア様まで。私のことを迎えに来てくださったんですか!?」

私たちが話している間も姉たちとの言い争いをしていたゼノが、クロという言葉に反応したのか、クロの声……というか威嚇音《いかくおん》に反応したのか、こちらに意識を向けて大慌てで前に出てくる。

「あ、ゼノ！　話はまだ終わっていないわよ!!」

「お客さんが来たのね～。なら一時中断かしら～」

「あら、お父様に、お母様じゃない。ゼノの伴侶候補を見にいらしたの？」

「折角光雀が好意的にゼノちゃんのことを受け入れてくれてるのに、恥ずかしがったせいで、『伴侶候補』って紹介になっちゃったじゃない～」

その背後で、ゼノの姉たちが何やら色々と言っている。

どうやら、ゼノはきちんとクロのことを説明したようだが、姉たちはそれを信じようとせず、ゼノが嘘を吐いていると決めつけて、強引に話を進めようとしていたらしい。

ゼノの姉たちの言葉から考えるに、ゼノは断るの一点張りだったのに対し、お相手である光雀のほうは乗り気だったせいで、余計にややこしいことになっているのかもしれない。

ゼノの姉たちにとって、弟であるゼノは自分たちの言うことを聞くべき存在。

他人である光雀が拒否をすれば、話はそこで終了していただろうに、まさかの光雀は乗り気。

それなら、ゼノを説得してしまえばいいという考えで、四人がかりで攻め立てていたのだろう。

本当にゼノはどこに行っても苦労性だね。

「ク、クロ！」

ゼノが光雀の後ろから姿を現し、クロの姿を目にした途端に目を輝かせる。

感動の再会とでもいうべきか。

姉たちの対応に苦慮していたこともあり、今のゼノにとって伴侶の登場は最大の癒《いや》しであり、幸せでもあるのだろう。

……だから、ゼノを心配して迎えに来た他の面々には目も向けずに、クロだけを見ていることについては何も言わないよ。

落ち着いたタイミングでからかうことはあるかもしれないけれどね。

「……っ！」

光雀の発言にずっとイライラしていたクロが、ゼノを目にした瞬間パッと表情を……いや、表情はそこまで変わっていないね。身に纏《まと》う雰囲気を明るくしてゼノに飛びつく。

「キャッ！」

ゼノのすぐそばにいた光雀は、クロの突然の行動に怯えた様子で後ろに下がった。

そのおかげで見事にゼノまでの動線が確保でき、クロは腕を広げて待ち構えていたゼノの腕の中に飛び込むことに成功した。

「っ！　っ！」

「ごめん。ごめんって！　心配かけて悪かったよ、クロ」

ゼノに抱きかかえられる形で彼の首に手を回したクロは、ゼノがそこにいることを確認するようにスリスリ彼の首元に頭を擦りつける。

甘えるようなその仕草とは反対に、彼女の尻尾は「なんで簡単に連れ去られているのよ！」と文句でも言うかのように、ゼノの足をベシベシと叩いている。

その光景に、ゼノの両親と陽獅子はホッとしたような、呆れたような表情を浮かべ、状況がよくわかっていない光雀は呆然としていた。

「クロ〜、ゼノ〜、良かったですわぁぁぁ‼」

そして私の隣にいる、やや精神状態が不安定なバーティアは感動したように目を潤ませ、なぜか拍手を送っている。

ねぇ、バーティア。これはお芝居ではないから拍手はいらないと思うよ？

「ちょっと、ゼノ！　急に一体何をして……え？　女の子⁉」

「何〜？　どうしたの〜？　あら……」

「ゼノ、お姉様たちの話を無視するなんていい度胸ね……って、まぁ！」

「どうしたの？　って、ゼノちゃん、その子は？」

先ほどまでゼノに対して好き放題言っていた姉たちだが、ゼノの後を追うように様子を見に来て

唖然としている。

そして、不意にゼノが今までずっとしていた主張を思い出したのだろう。

彼女たちの顔が一斉に引き攣《つ》った。

「春風、夏風、秋風、冬風。やらかしてくれたね？」

普段は穏やかな雰囲気の縁から怒気があふれる。

「サプライズにしようと思って、ゼノちゃんの伴侶になる子との顔合わせパーティーをやることを黙っていた私も悪いけれど、まさかこんな馬鹿な真似をするなんて……。お母さんも怒っています」

いつもは語尾を少し伸ばすような、ゆったりとした口調で話す嵐鳥が、はっきりとした言葉で宣言し、眉尻を吊り上げる。

「伴侶になる子との顔合わせのパーティー!?　ってことは、まさか本当にゼノに伴侶が!?」

顔を青ざめさせつつも驚きの声を上げたのは、最初にゼノを馬鹿にするような発言をしていた、気の強そうな女性だった。

「夏風、ゼノだってもう成人した精霊なんだから、そういうことがあってもおかしくないだろう？」

「ゼノちゃんは優しい子だから、あなたが知らないだけで結構モテるのよ？」

あり得ないことが起こったとでも言いたげな口調で話す女性——夏風に、ゼノの両親が呆れたように現実を突き付ける。

ただ、嵐鳥の発言は夏風だけでなく、クロと感動の再会中のゼノにも飛び火した。

クロが「モテるの？」と嫉妬心の籠《こも》った視線でゼノを見て、「シャァッ？」と威嚇《いかく》気味の確認をしている。

ゼノは慌てて首を横に振っているけれど……アルファスタの城でも、たまにメイドに声をかけられているからね。

クロという存在がいるから、アプローチをされてもきっちり断っているみたいだけど、まったくモテないというわけではないだろう。

もちろん、このタイミングでそれを素直に答えるのは自殺行為でしかないから、正直には言わないだろうけどね。

「セシル様だってモテますわ。……嬉しいけれど嫌なんですわ」

なぜか急に対抗心が生じたらしいバーティアがボソッと呟く。

夫である私もゼノ同様モテる男だと言いたいけれど、だからといってモテるのが嬉しいわけではないという変な葛藤があるみたいだね。

まぁ、私からしたら、どちらの気持ちも嬉しいものでしかないんだけれど。

「どんなにモテたって、私にはティアだけだよ」

「なっ！　き、聞こえていたんですの⁉　ち、違うんですの、今のは‼」

すぐ隣で呟いた言葉が私に聞こえないわけがないのに、バーティアは聞かれていないと思っていたらしい。

私が彼女を安心させるための言葉を紡ぐと、真っ赤になって慌てた様子で首を横に振った。

夏風に説教しつつも、そんな私たちの様子をチラッと横目で見た嵐鳥は、こちらに声をかけることなくニッコリと微笑む。

あの笑みには「私の伴侶である縁もモテるのよ？」という思いが含まれているに違いない。

「伴侶がいるならいるってはっきり言えばいいのに、なぜ言わなかったの？　ゼノ」

少し冷たい印象を受ける女性が、ゼノをジロッと睨みつつ呟く。

でも、その呟きは悪手でしかない。

「冬風、扉の向こうからでも聞こえていたよ。ゼノははっきりと伴侶がいると言っていたじゃないか」

「言い方が生ぬるいのよ。もっときっぱりと言わないと誤魔化しているように取れるわ」

「自分の非を弟に押し付けちゃ、ダメよ〜、冬風ちゃん。お母さんはあなたをそんな子に育てた覚えはありませんん」

ゼノがクロという伴侶がいると宣言していたのを、私たちははっきりと聞いた。

冷たい雰囲気の女性――冬風はそれを知ってか知らずにか、なかったことにしてゼノに非を押し付けようとしたようだけれど、当然そんなことは上手くいかない。

即座に縁が否定し、誤魔化そうとしたことを嵐鳥が怒る。

嵐鳥の感情に引きずられてか、彼女が身に纏《まと》う風にわずかにパチパチという静電気のような音が混じり始めている。

それに気付いた縁が、彼女が暴走しないようにと、彼女の頭を軽く撫でて宥めている。

「あら～、ごめんなさぁい。お姉ちゃん、ちょっと失敗しちゃった。許してね、ゼノちゃん」

夏風と冬風の様子を見て、これは下手に反論するよりも謝ったほうがいいと判断したのか、嵐鳥に似たおっとりとした口調の女性が、テヘッと己の頭を叩き、舌を出して謝る。

おかしいな。似たような光景をつい最近どこかで見た気がするけれど……まぁ気のせいだということにしておこう。

少し前に似たようなことをやった嵐鳥に、ゼノが失言して怒られていたことなんて私はもう覚えていないからね。

「春風、謝るのはいいことだけど、もうちょっと真剣みを帯びた謝罪はできないのかい？」

縁が眉間を指で押さえて、「頭が痛い」とでも言いたそうな様子で溜息をつく。

「危うくゼノちゃんの結婚に大きな罅《ひび》が入る可能性だってあったのよ！　上っ面の言葉だけの謝罪じゃ許されないわ」

形だけでも謝罪したことが評価されたのか、前の二人よりは幾分柔らかい口調で、おっとりとした女性——春風が注意される。

ただ、明らかに心が籠《こも》っていない謝罪だったこともあり、嵐鳥からはどうやらなんらかの罰則が科せられるようだ。

それに対しても、彼女は特に気にした様子はなく「了解～」と言って後ろに下がっていった。

与えられた罰則には従うかもしれないが、きっと彼女は口だけで反省しないタイプだろう。

「まぁ、困ったわね。お姉ちゃん、いいことをしたつもりでいたけれど、ゼノちゃんにも光雀ちゃんにも悪いことをしちゃったわ。あ、もちろん、ゼノちゃんの伴侶になるクロちゃんにもね」

片手を頬に当てつつ、「あら、困った。どうしましょう？」と首を傾げる大人びた女性。

他の姉たちに比べてこの人は、自分のことだけではなく、もう少し広い視野で見ることができるようだ。

……もちろん、一度暴走した後だから、「しっかりしている」という評価はできないけれど。

「秋風、君はもしかしたらこうなるかもとわかっていてやっていただろう？」

「少し面白がっていたんじゃない？」

呆れた表情でゼノの両親が尋ねると、大人びた女性――秋風は「フフフッ」と笑い、「そんなことないわよ～」と否定の言葉を口にする。

「本当に、ゼノちゃんが伴侶になる子を連れてきているとは思わなかったのよ？　後でゼノちゃんが一生懸命訴えるから、もしかしたらと思わなくもなかったけれど。ただ、ちょっと可愛いゼノちゃんの困った顔を見たくてやりすぎてしまったの。ごめんなさい？」

春風よりは謝罪に心が籠《こも》っている。

ただ、秋風の謝罪はやりすぎてしまったことに対してであって、実際に行った行為自体の謝罪ではない。

さて、どちらの謝罪のほうがましなんだろうか。

いや、どっちもどっちというのが正解だろう。

「じゃ、じゃあ、もうゼノはクロに返してもらえますの？」

ゼノの両親が娘たちにどのように対処しようかと悩んでいるタイミングで、バーティアがジッとゼノの姉たちを見つめて確認をする。

多分、彼女的には「もうゼノは返してもらってもよろしくて？」と悪役令嬢っぽくプレッシャーをかけつつ尋ねているつもりなのだろう。

人を睨みつけるということに慣れていないせいで、ただ見つめるだけになっている目と、少しでも自分を大きく見せようという気持ちからか、背伸びするように上がっている踵《かかと》がそれを物語っている。

ちなみに、バーティアと付き合いの長い私だからこそ、彼女の内心に気付いているだけで、はたから見たら、小さい子供が大人相手に虚勢を張って対峙しているようにしか見えない。

現に、見つめられているゼノの姉たちは「何、あの可愛い生き物は」とどよめきはしても、プレッシャーを感じている様子は一切ない。

「ふ〜ん、あなたがゼノの伴侶ちゃんの契約主なのね〜。クロちゃんもその契約主さんも可愛いじゃない。ゼノにはもったいないくらいだわ～」

スーッと体を浮かせてバーティアと私の周りを一回りした後、クロとゼノの周りも一回りし、夏風が満足げに頷く。

でも一つだけ言いたい。

今の発言には一切私が入っていない上に、なぜかバーティアまで「ゼノにはもったいない」の対象に含まれているかのような言い方になっているのが凄く気になる。

クロはゼノのものだけれど、バーティアは私のものだ。

それを一緒にあわせて言うのはやめようか。

「ゼノの伴侶と顔合わせのパーティーがあるということは、もちろん私たちとも仲良くしてくれるのよね？」

今度は冬風がフワリッと浮いてバーティアの前に来る。そして、サラリッと彼女の頬を撫でた後、警戒気味にゼノにくっついているクロのほうに行き、今度はクロを撫でて満足そうに微笑んだ。

「夏風と冬風ばっかりずるいわよ～」

「抜け駆けはいけないわよね」

そう言うと春風と秋風もフワリッと浮いて、ビューッと勢いよくバーティアのほうに飛んでくる。

「え？　え？　なんですの？」

その勢いにバーティアは混乱しておろおろしている。その隙に二人がバーティアに抱きつこうとしたため、私が先にバーティアを抱き締めてニッコリと微笑んだ。

「え～、なんで邪魔するの～？」

「独占欲丸出しね」

「自分の妻を独占するのは、別に悪いことではないだろう？」

さすがに私ごと抱き締める気はないのか、春風も秋風も私たちの手前で急停止して不満そうな顔をする。だが、彼女たちが不満だろうがなんだろうが私にはどうでもいいことだ。

「仕方ないわね。じゃあ、後での楽しみにさせてもらうわ」

「パーティーとかいうのの時に、ギュッてさせてね～」

私が譲る気がないのを察すると、二人もクロのほうに行く。

クロを守るのはゼノ……彼女たちの弟であり、姉たちに押され気味だ。クロもゼノの姉である彼女たちと顔合わせをするために来ている身なので、下手に拒否もできず、いい感じに撫で回されている。

あ、あんまりにもしつこいからって、クロがゼノの首に顔を埋め、尻尾を振って結界を張ったね。

まぁ、最初から拒絶したわけではないし、そんなクロの反応すらゼノの姉たちは楽しんでいる様子だから問題ないだろう。

「これで一件落着ですわね!!」

「そんなの駄目です!!」

クロとゼノは笑顔の姉たちに囲まれ、伴侶としてのパーティーを楽しみにする言葉も向けられ、和やかな雰囲気になったことですべてが丸く収まった……かのように見えたけど、そこに一人、置いてけぼりを食らっている少女がいた。

光の王の姪。

ゼノの姉たちが、ゼノの伴侶にちょうどいいと話を持っていった相手。

そう、光雀だ。

キッとクロを睨みつけ声を荒らげた光雀に、陽獅子が諭《さと》すように語りかける。

「光雀、諦めなさい。精霊の伴侶は、自分の心に従って決めるものだ。二人がもう結ばれている状態であれば、お前がいくらゼノのことを気に入っていても、引き離すことはできまい」

しかし、クロに敵意をむき出しにし、不安定な光の力のせいかわずかに体を発光させている光雀はその言葉を聞き入れない。

「なぜ、皆さんはあの闇の精霊が怖くないのですか!?　背中から這《は》い上がるような恐怖を感じる、こんなにも恐ろしい存在なのに!!」

怯えたように、けれど大切なものを守る勇敢さを漂わせて、光雀がひたとクロを見据える。

対するクロは、突然悪者であるかのような扱いを受けて、困惑したように片眉をわずかに上げ、狐耳をピクピクと小刻みに動かしていた。

「何を言っているんだい？　クロは確かに強い闇の精霊ではあるけれど、悪い精霊ではないし、怖い存在でもないよ」

伴侶であるクロに向けられた敵意に、ゼノが不快感を露わにしながらも、落ち着いた声で語りかける。

伯父である陽獅子は姪の発言に困惑しつつも、二人のやり取りを見守ることにしたようだ。

「ゼノ様は騙《だま》されているんです！　私にはわかります。ゼノ様からは優しく包み込むような温かい気配を感じます。でも、あの闇の精霊からはすべてを拒絶し攻撃するような恐ろしい気配を感じるのです。こんな風に感じることなんて、普通はないもの。きっと何か悪いことをしているに違いありません!!」

叫ぶように訴えた光雀。

その異様なほど切実な様子に、その場にいる全員が違和感を覚え、呆然としていたその時だ。

「聞き捨てなりませんわ!!」

バーティアが、光雀以上に大きな声で待ったをかけた。

「ティア？」

私の隣に立っていたバーティアが、一歩光雀に向かって歩みを進める。

「人を好きになることは誰にも止められませんわ。好きになったお相手に、伴侶がいて困惑することも、嫉妬のあまり感情が制御できずに怒りを感じてしまうのもわかりますわ」

バーティアが光雀の前に立ち、ひたと彼女を見据える。

その瞳には、大切な相棒であるクロを貶《けな》された怒りが確かに滲《にじ》んでいる。

彼女は基本的にあまり怒ることはないけれど、大切な友が傷つけられることだけは我慢がならず、全身の毛を逆立てて立ち向かう勇気のある女性だ。

「恋とはそういうものですもの。わかりますわ!! 数多くの『乙女ゲーム』をこなしてきた私には、その葛藤が目に見えるようにわかりますわ。けれども……」

……うん。『乙女ゲーム』をやったから光雀の気持ちがわかるというのは、私には理解ができない理論だね。

恋をストーリーとして捉えるというのなら、定石《じょうせき》が何かとか、どういったストーリー展開が売れるかとかはなんとなくわかる気がするけれど、人の気持ちを『乙女ゲーム』で学ぶのは何か違う気がするのは私の気のせいかな?

ついでに言うと、この場でバーティア以外に『乙女ゲーム』という言葉の意味がわかるのは、私とゼノ、それにクロだけだから、他の人はポカンとしちゃっているよ。

「こんなに可愛いクロが悪者なんてありえませんわ!! 私が元悪役令嬢なのは確かですけれど!!」

ああ、どうしよう。

さらにわけのわからない方向に話が飛躍してしまった。

まず、可愛い=悪者ではないという理論自体がおかしい。

いくら見た目が可愛くても、悪事に手を染める奴はごまんといる。

仮に可愛ければ悪者ではないというのであれば、犯罪者は皆可愛くすれば悪事を見逃されることになってしまう。

そんな世界は正直ゾッとするな。

少なくとも、私は自分が治める国をそんな風にしようとは思わない。

「確かに、クロちゃんは可愛いし、悪者ではないわよね～」

「可愛いは正義だからね！」

「この子が悪事を働く姿なんて想像できないわ」

「せいぜい悪い子をその愛らしい尻尾でビシバシ叩いちゃうくらいじゃないかしら？」

……私にはあり得ない理論だけれど、どうやらゼノの姉たちには通じてしまったようだ。

ついでに言うと、最後の秋風の発言を聞いて、クロが悪い子（フタマタ）をビシバシと尻尾で叩いていた（打ち飛ばしていた）のをふと思い出してしまったよ。

「お、お姉様たちまでその闇の悪女に誑《たぶら》かされてしまったのですか!?」

自分の味方だと思っていたゼノの姉たちが、クロの無罪を語り始めたことに光雀がショックを受けている。

それにしても、なぜ彼女はあそこまでクロを拒絶するのだろうか？

あと、バーティア、この場面で『闇の悪女』というフレーズに「かっこいいですわ」と呟きながら目を輝かせるのはやめようか。

光雀の発言がバーティアの琴線にヒットし、彼女の頭の中で何かしらのストーリーが作り上げられているのを感じる。

ここで、変なスイッチが入って、クロと悪役令嬢を演じ始めたら、余計にややこしいことになってしまう。

というか、ここで演技ででも悪役をやってしまったら、多分今後光雀の認識を訂正することは難しくなると思う。

「……ティア？」

私はそんな彼女を現実に引き戻すべく、そっと名前を呼ぶ。

「はっ！　光と闇の決戦。エピソードⅢを考えている場合ではありませんでしたわ!!」

うん、そんなのを考えている場合じゃ……って、え？　もしかしてこの短時間でエピソードⅢまで考えていたのかい？

さすがの私も少し驚いたよ。

「姪っ子ちゃん？」

「私はあなたの姪じゃないわ！」

「光雀ちゃん？」

「……な、なんですか？　バーティアさん」

え？　この険悪な雰囲気の中で、呼び方なんて気にするのかい？

意外とそんなに険悪じゃないのかな？

「本当にクロはとても優しくていい子なんですのよ？」

コテンッと首を傾げながら語りかけるバーティアに、少しムッとした表情を浮かべる光雀。

「じゃあ、なんであんなに恐ろしい気配を感じるのですか？」

「私には感じませんわ!!」

「でも、明らかに感じるのです」

「う～ん、なんでかしら？　最初にクロが、光雀ちゃんを伴侶を奪う敵として威嚇《いかく》したからとか？」

「そんな生易《なまやさ》しい気配じゃありません。私は元々他の精霊の力に敏感なんで、そういう悪い気配とかがわかるんです。だから、きっと皆さんが気付いていないだけで、本当は……」

なるほど。理由のわからない恐怖に対して、なぜあんなに『悪』と断定できるんだろうかって思っていたけれど、彼女の体質が関わっていたのか。

色々な精霊の力の影響を受けやすいがゆえに、気配に敏感ということなんだね。

それにしても、私もクロとの関係は長いけれど、クロは悪戯《いたずら》をしたりバーティアを害する相手に敵意を向けたりはするけれど、悪者とは思えない。

そもそも、彼女の耳と尻尾は雄弁だからね。

おそらく、あれはクロ自身も制御しきれていないから、人を騙《だま》すのには向かないと思うよ。

「そんなこと、絶対にあり得ませんわ!!　クロの契約者である私が保証しますわ!!」

ドンッと胸を叩いて宣言するバーティア。

それでも、自分の感覚を信じ切っている光雀にはあまり響かず、怯えと嫌悪を宿した目をクロに向けている。

バーティアにもそれは感じ取れたようで、しょんぼりと眉を下げる。

「それでもダメですの？　う〜ん、どうしたらクロの可愛さが伝わるんですの？」

……バーティア、目的が迷子になっているよ。

伝わらないといけないのは、クロの可愛さではなくて、クロが悪者ではないという事実だからね？

「あ、わかりましたわ!!　闇と光は対照的な存在ですものね！　きっと光雀ちゃんは正反対の属性の力を持つクロに慣れないゆえに不安を感じていて、それを恐怖として受け止めているのですわ!!」

……可能性はなくはないけれど、結構なこじつけだよね？

「え？　そんなことは……」

バーティアの勢いに、戸惑った表情を見せる光雀。

「それなら、あとは慣れの問題なのですわ!!　さらに闇の精霊の力に慣らすにあたり、クロと遊んだりして接したりしていれば、クロの良さがきっと光雀ちゃんにも伝わりますの」

光雀の様子など気にすることなく言葉を続けるバーティア。

「いえ、そんなことはないと……」

「私、なんて名案を思い付いてしまったのかしら!!」

「いえ、あのその……」

一生懸命バーティアに反論しようと頑張る光雀。

でも暴走状態のバーティアはいつも通りまったく話を聞いていない。

「そうと決まれば、これからクロのいいところを知ってもらい、慣れてもらうためにいっぱい遊びに来ますわ！」

本人の中で決定事項になったのだろう。

希望というよりは、宣言に近いその発言を聞いて光雀が顔を青ざめさせた。

「な、慣れとかそういう問題じゃありません!!　あの闇の精霊がそばにいるだけで恐怖を感じるんです。きっともの凄くおぞましい存在なんです！　私の直感がそう言っているんです!!」

ついに我慢ならなくなったのか、光雀が大声でバーティアに反論する。

バーティアの中では既に話がついたことになっていたため、「急にどうしたんですの？」と不思議そうな顔をしている。

「そ、それに！　ゼノ様のことだって、私は諦めません！　だって、ゼノ様と初めてお会いした瞬間、不思議なくらい落ち着く感じがしたんです。まるで以前から知っていたような、そんな感じでした。これってつまり運命ってことですよね!?　今はなぜかおぞましい闇の精霊と伴侶になると言ってますけど、きっとそれは間違いなんです！　私こそがゼノさんの運命の伴侶なんです‼」

必死の形相で語る光雀。

その姿が、かつて私に言い寄っていた男爵令嬢と重なる。

なぜこうも『これは運命だ』と語る人は厄介な人物が多いんだろうか？

今は修道院にいる、『乙女ゲーム』のヒロインだったらしき女性、ヒローニアのことを思い出して、うんざりする。

まぁ、今は彼女も友人である光の精霊、ピーちゃんの復活のために修道院で頑張っているみたいだから、以前よりは内面的に成長しているんだろうけれど。

もう会うこともそうそうないだろうし、私には心底どうでもいい話だ。

「だから、悪いけどそれは勘違いだよ。私の伴侶はここにいるクロただ一人だからね」

腕の中にいるクロの体を改めて抱き締め直し、ゼノが困ったように訴える。

「シャアアアッ！」

クロは自分の伴侶を奪う宣言をされて怒り心頭、といった様子で、尻尾の毛を逆立て、光雀を威《い》嚇《かく》している。

「ほら、見てください！　あの恐ろしい姿を」

「いや、自分の伴侶を奪うと言われたら普通はああなると思うけれど？」

思わず当たり前のことを呟いたら、涙目の光雀に睨まれた。

まったく。事実を伝えただけの私を八つ当たりのように睨みつけるのはやめてほしいな。

「わかりましたわ‼　では、ここは勝負といきましょう！　私がクロのいいところを気付かせるのが早いか、光雀ちゃんがクロのおぞましいところ？　があるのかわかりませんけれど、とにかくそれを私にわからせるのが早いのか、勝負ですの‼」

ビシッ！　と光雀に向かって指を突きつけるバーティア。

その宣戦布告に、光雀が強い視線を返す。

彼女は彼女で、「あの恐ろしい闇の精霊に騙《だま》されている人たちの目を覚まさせなくてわ！」と、間違った方向の正義感に駆られているのだろう。

本当に心底迷惑だ。

「……え？　なんで、恋のライバルであるクロちゃんと光雀ちゃんの勝負じゃなくて、バーティアちゃんと光雀ちゃんの勝負になってるの？」

バチバチと無言で火花を散らすバーティアと光雀。

そこに、ごもっともとしか言いようがない嵐鳥の疑問が静かに流れた。

それに返答する者はこの場にはいない。

……当たり前だよね。

当事者以外の全員が、おそらく同じ疑問を感じているのだから。

五　バーティア、光の領域に通い中。

「さぁ、クロ！　クロのその可愛さを伝えるべく、今日はおめかしをして光雀ちゃんのところに遊びに行きますわよ!!」

バーティアの宣戦布告によって、なんとか無事に（？）ゼノを連れ戻すことに成功した翌日。

朝食を食べて早々に、バーティアがクロに向かって宣言する。

彼女の手には、クロの毛並みを整えるためのブラシがしっかりと握られていた。

昨日、なんとも言えない微妙な空気が流れる中、大きめの咳払いをし、その場をお開きにしたのは陽獅子だった。

多分、あの場で一番今回の出来事との関わりが薄く、かつ話をまとめられる地位を持っていたのが彼だったから、敢えてその役をやってくれたのだろう。

出会い頭に絡まれはしたが、なんだかんだ言いつつ彼は光の王だけあって、そういった上位者としての気遣いができるらしい。

彼が口を出さなければ、私が対処するつもりだったけれど、今回は楽ができて良かった。

ひとまず、現状ゼノの伴侶はクロで確定しているので、横恋慕をしている立場になる光雀のほうが分が悪い。

もちろん、ゼノを伴侶候補にという話を持っていったのはゼノの姉たちだから、光雀のことを責めるわけにもいかないが、だからといってゼノが光雀の伴侶候補として光の城に留まるのも変な話だ。

光雀はゼノを自分の運命の伴侶と言い張って、城に留まることを頑《かたく》なに希望していたけれど、それは城主である陽獅子が認めなかった。そのため、ゼノは無事に実家に帰り、その足でクロと一緒に闇の王の城に戻ることになった。

ゼノの姉たちは、一応は悪いとは思っているようだけれど、それ以上にゼノとクロの恋の話が気になるらしく、私たちにゼノの実家に泊まっていくようにしつこく勧めてきたが、ゼノの両親が許さなかった。

というのも、ゼノたちの心情や身体的な疲労を考慮したのはもちろんだが、それ以上に闇の領域でクロのことを心配している闇狐と戴豆が待っているからだ。

どう考えても、今回の件は、ゼノの親族側――主に姉たちが悪い。

それなのに、ゼノたちの恋の話が聞きたいからなんていうくだらない理由で引き留めるわけにはいかない。

本来なら、姉たちを引き連れてゼノの家族全員で謝罪に行くべきところだが、引きこもりの上に、久しぶりの外出で大きなトラブルに巻き込まれて動揺しているであろう闇狐の状態を気遣い、ゼノに謝罪と説明を任せることにしたのだ。

それすら、おざなりにするなんてことは決してあってはならない。

姉たち全員に正座をさせ、懇々《こんこん》と説教をして諭《さと》した縁は、当然反論することなど許さなかった。

ちなみに、風の力を使って浮いていれば正座していても足は痛くならずに済むのだが、こちらは怒っている嵐鳥によって浮くことを禁止された。

言葉だけの禁止では誤魔化す可能性もあると思ったのか、嵐鳥が風の力で上から地面に押し付けるように抑え込むことで、強制的に浮けなくしたのだ。

……あの時、わずかに床がきしんでいたのは、多分床が傷《いた》んでいたとか加減を間違えたとかそういう偶発的なものではなく、故意によるものだと思う。

こうして、闇の領域に戻った私たちは、心配して玄関で待っていたクロの母と父に事の顛末《てんまつ》を説明した。

闇狐は、光雀がゼノを諦めていないことに心配している様子だったが、バーティアが「クロと一緒に（クロの可愛さを）認めさせてみせますわ！」と自信満々に宣言したことで、少しホッとしたようだった。

ちなみに、戴豆は、ゼノ自身は浮気などまったくしていない潔白な状態だったこともあり、怒ってはいても文句を言うことはできず、最終的に、無言のままゼノを攻撃し始めた。

まぁ、元々戴豆はクロ同様、無口でまったく喋《しゃべ》らないため、たとえ文句を言える状況だったとしても、ゼノが攻撃される未来は変わらなかったと思うが。

大体、戴豆は初っ端からゼノに対して理不尽なほど攻撃的だった。娘が連れてきた伴侶というだけで、気に入らないんだろう。

実際に、試練とばかりに突然攻撃してきたりもしていたしね。

頑張れ、ゼノ。

そんな一悶着《ひともんちゃく》も二悶着《ふたもんちゃく》もあった日の翌日。

クロの家族と共に朝食を食べて早々、宣言通りバーティアが動き出した。

クロの良さをわかってもらうために、今日も光雀のところに行くらしい。

それにあたり、まずは見た目の印象をより良くしようと、クロの身形を整え始めたのだ。

だが、バーティアがクロの尻尾をブラッシングしようとした途端、クロの尻尾がファサッと逃げた。

それに首を傾げたバーティアだったが、クロと見つめ合うことしばし。

「え？　なんですの？　ブラッシングは嫌……ではないんですのね。え？　ああ、私じゃなくて、ゼノにやってもらいたいんですの？　もう、クロったらラブラブですわね!!　いいですわ。他の準備をしておきますから、ゆっくりと梳《と》かしてもらってきてくださいませ!!」

アイコンタクトだけで本当にこれほど伝わるのかが不思議なくらい、クロとの会話を見事に成立させたバーティアは、ブラシを持ったクロを見送った後、鼻歌まじりにクロの着る服を選んだり、自分の身形を整えたりし始める。

ちなみに、多分だけれど、クロがブラッシングをゼノにやらせようとしたのは、クロとゼノがラブラブだからという理由だけでなく、「ゼノは私の伴侶だから！」という光雀に対するマウントやアピールの意味合いも含まれているのだと思う。

バーティアから顔が見えなくなった途端、クロの目にキランッと獲物を狙う狐のような獰猛《どうもう》な光が浮かんでいたからね。

バーティアはその言葉通り、クロのいいところアピールをして関係の改善をしようとしているんだと思うけど、クロ自身は自分の伴侶を奪おうとする相手にきちんと反撃するつもりなんだろうな。

なんだかんだ言いつつ、やはりクロのほうがそういうところはキッチリとしているね。

さて、クロはゼノにブラッシングしてくれるように頼みに行ったみたいだし、こっちはこっちでやることをやろうか。

「ティア、こっちにおいで」

「セシル様？　どうなさいましたの？」

バーティアを手招きし、自分が座っていた椅子に腰かけさせ、私自身はバーティアの後ろに立つ。

「クロは伴侶であるゼノにブラッシングしてもらいに行ったんだろう？　なら、その間に君のブラッシングは私がやろうと思ってね」

事前に持ってきておいた櫛《くし》を彼女の髪にソッと通していく。

日頃からクロや彼女の世話役の使用人たちが丹精込めて手入れをしているため、特に傷《いた》んだ様子はない。するりと梳《と》けていく髪の感触に心地よさを感じながら、ゆっくり時間をかけて彼女の髪を整えていく。

「セ、セシル様、それくらい、自分でできますわ！」

「でも、こうすることでラブラブになれるんだろう？」

「っ⁉」

彼女がさっきクロにかけた言葉を持ち出して告げると、彼女はパッと顔を赤くする。

「そ、それはですわね……」

何か反論をしたいのだろう。

だが、もごもごと口を動かしてはいるけれど、次の言葉が出てくることはなかった。

「ねぇ、バーティア。本当にこの後、光雀のところに行くのかい？　昨日あれだけ揉めたんだから、放っておいたほうが穏便に済むかもしれないよ？」

昨日、光雀はクロを悪者扱いし、ゼノを諦めないと宣言していた。

けれど、クロにしてもゼノにしても、アルファスタに戻ってしまえば、彼女と会うことはほぼないだろう。

彼女の体質が改善されれば、ゼノを追ってくることもあるかもしれないけれど、今の彼女の状態では、アルファスタはおろか闇の領域にすら来ることができないのだ。

正直、この先特に関わる予定がない相手に、嫌われようが好かれようが関係ないのだから、放置しておくのが一番だと思う。

「それでは駄目ですわ！　一流の悪役令嬢に敵前逃亡は許されませんの」

「君はもう悪役令嬢ではなくて、私の妻で、アルファスタの王太子妃なんだよ？」

「それでも、私の中に一流の悪役令嬢のマインドは根付いておりますの！」

……君に一流の悪役令嬢のマインドが根付いているなんて知らなかったよ。

ああ、一流の悪役令嬢に憧れる純真無垢な令嬢のマインドは備わっていると思うけれどね。

「それに、私の大切なクロがあんな風に思われているのを知っていながら放置しておくのは嫌ですわ。仮に、何も知らない第三者が光雀ちゃんの話を聞いて信じ込んでしまって、同じように思う――そんなことが繰り返されて、クロを嫌う人が増えるのは許せませんもの」

そういうことか。

確かに、誰かが悪意のある話を振りまき、それが噂話になり、その話を信じた者によって評判が落とされてしまう、なんてことは社交界ではよくあることだ。

バーティアも普段はのほほんとしているし、色々と暴走したりやらかしたりすることはあるけれど、私の妻……王太子妃として社交界に出ることは多い。

彼女だけではいい食い物にされる危険性があるため、私がそばにいるか、私の側近、もしくはバーティアの友人である令嬢たちの誰かが常にそばにいる形を取ってはいるものの、バーティア自身もそれなりに社交界で起こることについて把握しているのだろう。

今回、それにあてはめてクロの立場を考え、変な噂が精霊たちに広められないようにしたいと思ったようだ。

「なるほど。そういうことか。それなら止めはしないけれど、あまり無理をしてはいけないよ？」

まぁ、止めはしなくても、裏で動かせてはもらうけれどね。

「もちろんですわ！　これは単にクロのイメージアップの作戦ですもの。無理なんてことがあるわけがありませんわ!!」

「……そうだね」

なんでかな？　ないと言い切られると余計に不安を感じるのは。

私たちが精霊界にいられる時間は限られているし、バーティアが望む『解決』を得るためには、私が彼女に付きっ切りでいるわけにはいかないんだけど……ここでは使える駒が少なくて困るね。

いつもなら、私がいない時間帯は、彼女の友人の誰かについていてもらえば、それなりに安心できたのに。

それが無理でも、私の側近のうちの誰かに護衛させておけば、バーティアが暴走しても、とりあえずは止めようとしてくれるから……あ、バルドはあんまりあてにならないね。むしろ悪乗りしてしまいそうだ。武力的な意味では安心できるけれど、彼は状況を見て考えて判断することがとても苦手だから。でも、他の者たちなら、任せることはできたんだけどな。

「……セシル様？」

「ああ、ごめんね。精霊界には護衛を連れてくることができなかったから、どうしようかなって思って」

なるべく、私自身が彼女のそばにいるようにするつもりだ。

もしも武力行使が必要になったとしても、精霊王から借り受けている剣があるから、なんとかなるだろう。

でも、多分、バーティアの言うように、クロの魅力を光雀に伝えるだけじゃあ、今回の問題は解決しない。

根本的な問題として、「なぜ光雀があんなにクロに怯えて毛嫌いするのか」というものがあるからね。

光雀の怯えと嫌い方は普通じゃない。

単純に、ゼノの姉たちにゼノを紹介され好きになったのに、もう相手がいたからその相手を妬《ねた》ましく思う、というだけでは言い表せない感情がそこにはある。

おそらく、彼女の言うように何かがあるのだろう。

もちろん、それはクロが何かしたというわけじゃなく……いや、その可能性を切って捨てるのは時期尚早か。

別に光雀の言うようにクロが悪者だと言いたいわけではない。

クロや光雀が覚えていないだけで、小さい頃に何かトラウマになるような出来事が二人の間にあった可能性があるという意味だ。

精霊と人間にどれほどの違いがあるのか、調査不足で私もはっきりとはわかっていない。けれど、幼少期の記憶が人間と同じような感じなのであれば、幼い頃にあった嫌な出来事に対して、記憶は忘れ去られ、トラウマだけが残った……なんてことがあってもおかしくない。

ショックが大きすぎて無意識に記憶から消してしまうことだってあるしね。

そうなると、トラウマを引き起こすようなことをした側……クロのほうの記憶はどうなっているかという話になるんだけど、クロ自身はたいしたことではないと思っていれば、忘れている可能性はある。

精霊は寿命が長いから、記憶の量も膨大になる。いちいち興味のないことまで記憶に残しているとは考えづらいからね。

「クロの両親に協力してもらうか？」

小さく呟く。クロ自身が覚えていなくても、父母である闇狐や戴豆は覚えているかもしれない。

……昨日、光雀の名前を出した時の反応からして、望みは薄そうではあるけれど。

何より、闇狐は引きこもりだったはずだから、クロが他の領域に遊びに行っていたとしても、ついていっている可能性は低い。

戴豆は娘に対して過度の心配性っぽいから、こっそりとついていっている可能性があるけれど、彼は無口……というか一切喋《しゃべ》らないから、それを聞き出すのも至難の業《わざ》だ。

「……？　護衛をクロの両親に頼みますの？」

私の呟きを拾って、バーティアが首を傾げながら尋ねてくる。

……しまった。

色々と考え込みすぎて、バーティアを置き去りにしてしまっていた。

キョトンとした顔で私を見上げてくる彼女に、思わず苦笑する。

ただ動きを繰り返すだけになっていた彼女の髪を梳《と》かすという行為にも意識を向け直し、出かけるために綺麗に整える作業へと移行する。

「いや、案としては考えたけれど、それはやめておこう。クロの母上はまだ外に出るのに慣れていないから、連れ回すと負担が大きすぎる。父上のほうは……昨日のゼノに対する容赦ない攻撃を見る限り、クロを毛嫌いしている光雀に会わせると面倒なことが起こりそうだからね」

「確かに『モンスターペアレント』……ならぬ『精霊ペアレント』になりそうですわね」

バーティアが真面目な顔で呟くけれど、その言葉の意味がわからない。

また、前世由来の言葉だろうか？

なんとなくクロを守ろうとするがゆえに、変なクレームを入れて暴れそう……的な意味のことを言いたいんだと思うんだけれど……

でも、どちらにしても『精霊ペアレント』のほうは造語な気がする。

そして、『モンスター』を戴豆が精霊だからという理由で『精霊』に置き換えてみたんだと思うけど、多分、それだと本来の意味合いがすべて消えてしまっているんじゃないかな？

まぁ、元々の意味がわからないから、憶測でしかないんだけど。

「……とりあえず、光の領域には私とゼノも同行するよ」

バーティアに『モンスターペアレント』について質問しようか悩み、話が脱線しそうな予感を覚えて流すことを選択する。

おそらく、もうすぐクロもブラッシングを終えて、ゼノと一緒にここに来ると思う。

それまでに方向性は決めておきたいからね。

「ゼノを連れていっても大丈夫ですの？　両手の花が暴走してファイティングになったりしませんか？」

「……ッ……それは面白そ……大変そうな光景だね。でも、大丈夫だと思うよ。ゼノは意外と仲裁が得意だからね」

バーティアの言葉に、両手の花……クロと光雀がいがみ合い、花をぶつけ合って喧嘩している間で、ゼノがオロオロする光景をイメージして、思わず笑いそうになってしまう。

両手に花というのは男としては幸せな光景なのかもしれないけれど、花同士が戦い始めてしまったら悲劇だよね。

ゼノ、頑張れ。

でも、念のため……

「ゼノだけでも仲裁はできると思うけれど、ティアの言う通り彼が当事者なのも確かだから、緩衝役としてゼノの姉上たちにも同席してもらおうか」

元々、彼女たちは光雀の不安定な力を落ち着かせるために、交代で光雀についていたのだから、きっと頼まなかったとしても光雀のところにはいると思う。

ある意味、仕事だからね。

それに、もし仮に同席を嫌がったとしても、今回の問題は主に彼女たちのせいなのだから、責任を取らせるという意味でやるように命じれば、拒否はできないだろう。

否。縁と嵐鳥が拒否なんてさせないに違いない。

それ以外に問題があるとすれば……

「ゼノのお姉様たち、また暴走したりしませんの？」

うん、そこだよね。

昨日の感じだと、彼女たちはクロやバーティアのことを気に入ってくれたようだ。

でも、元々光雀とも仲がいいみたいだったし、少し心配なところはあるよね。

……主にゼノの胃が。

あれだけ両親に怒られた後だから、昨日ほどの暴走をすることはないと思うけれど、変なところをついて、場の空気をおかしな方向に持っていく可能性は十分ありそうだ。

バーティアたちのことも光雀のことも気に入っているというのならば、中立の立場を取ってくれればいいんだけど……

そうしたら、下手なことは言えなくなるだろうから。

あるいは、昨日のように「クロは可愛い」「既にクロはゼノの伴侶」という思考の下に、バーティアとクロ寄りの態度になってくればいい。仮に、光雀がゼノに振られるのを可哀想に思い、あちら側について色々言い始めたら大変なことになる。

このあたりは、ゼノの姉たちの判断力と、ゼノの『調和の力（主にコミュニケーション的な意味で）』に期待するしかないだろうね。

「光雀に会うのは光の王の城だから、何かあってもきっと大丈夫だよ」

光の王の城にさえいれば、態度は悪いけれど根は優しい光の王様が対処してくれるだろう。

私のほうでも、光雀についての情報収集がてら、「彼の城で起きる、彼の姪が関係していることなのだから、協力するのは当然だよね？」と丁寧にお願いしてくるつもりだしね。

「私は途中で光の王に会いに行ったりするから、ところどころで場を離れるかもしれないけれど、ティアが困らないようにはしていくから、安心していいよ。それに、何かあったらすぐに駆けつけられる場所にいるようにしておくしね」

まぁ、ティアは困らなくてもゼノが困るかもしれないけれど、彼ならきっと大丈夫だ。

打たれ強さが売りだからね。

「わかりましたわ！　でも、セシル様も慣れない場所ですからお気を付けてくださいませ!!」

私の言葉に安心したのか、バーティアがニコッと微笑む。

その笑みに私も笑みを返したところで、彼女の髪を整える作業が終わった。

「さぁ、次はセシル様の番ですわ!!」

「……よろしくね？」

バーティアが振り返って私の手から櫛《くし》を奪い取る。

あまりに勢いがいいから、ちょっと心配になったけれど、私の髪は長くはないから、そう大変なことにはならないだろう。

それに、こういう穏やかな妻とのふれあいの時間も心地いいものだ。

こうして、大変なはずの一日が始まった。

＊＊＊

「……それで、俺になんの用だ？」

「大体の予測はついているのでしょう？」

精霊界、光の領域、光の王の城、光の王の執務室内で、私が光の王その人と対峙したのは、その日の昼を過ぎたくらいの時間だった。

あの後ゼノに毛並みを整えられたクロをひとしきり褒めたバーティアは、クロの服装などを整え、髪に綺麗なリボンをつけて、いつもより可愛くなるように着飾らせた。

ゼノは、なぜクロがそんな格好をするはめになったのか敢えて考えないことにしたのか、おめかしした可愛いクロに頬を緩めていた。

……まぁ、その後に彼の姉を伴って光雀のところに一緒に行くことになった段階で、緩んでいた頬を引き攣《つ》らせていたけれど。

何もしていないゼノに対して自業自得だとは言わないけれど、身内のミスが自分に降りかかることはよくあるから、今日は……いや、今日から数日は頑張ってもらうことにしよう。

後で、胃薬を届けてあげるつもりだから、きっと大丈夫だ。

そして向かった光の王の城。

昨日のバーティアの宣言もあって、私たちが来ることは予測していたのか、陽獅子は「本当に来たのか？」と少し頬を引き攣《つ》らせつつも温かく出迎えてくれた。

ただ、彼も仕事があるからか、あるいは下手に関わって巻き込まれたくないからか、玄関で私たちを出迎えた後は、光雀の部屋に向かうバーティアたちと別れ、そのまま執務室に戻った。

え？　私はどうしたのかって？

バーティアたちに後で合流すると伝えて、そのまま陽獅子の後に続いたよ。

私がついてきているなんて思っていなかったらしい陽獅子は、執務室の前でやっと後ろにいる私に気付いてギョッとしていたけれど。

「うぉっ！」と声を出して体をビクッと跳ねさせる彼は、少し面白かったな。

そして、彼の執務室に入れてもらい、応接セットのソファーに向かい合わせで座っているのが現在だ。

「光雀のことか？」

「それ以外ないでしょう？　人間と精霊との間に今は大きなトラブルも交渉が必要なことも生じていませんし、もし何かあれば、あなたではなく精霊王に相談するのが筋ですからね」

そういえば、バーティアがやりたいという『ハロウィン』とかいう行事については、交渉が必要かもしれないな。

どっちにしても、それは精霊王にするべきことで、陽獅子に相談するような内容ではないから、今議題にあげる必要はない。

「それで俺にどうしろっていうんだ？　人間の国の王よ」

「王は私の父で、私はまだ王太子ですよ」

「そのうち、蹴落とす気だろう？」

「私と父の関係は良好です。父上はいつも私を広い心で見守ってくださっていますよ」

「……お前の父親も苦労してるんだな」

最初はからかっている風な口ぶりだったのに、最後は妙に感情がこもっているのはなぜだろうか？

私は父にはそんなに苦労はかけていないはずだ。

時々「息子が優秀すぎてついていけん！」と騒いだり、「嫁とイチャイチャしたいからって俺に仕事を押し付けるな！　俺だって嫁とイチャイチャしたい！」と文句を言ってきたりすることはあるけれど、それくらいは楽しい親子の会話の範疇《はんちゅう》だろう。

「お前の嫁と違って、お前が不思議そうに首を傾げるのは悪意しか感じんのだが？」

「気のせいですよ。私とよく似ている弟の笑顔は『天使の笑顔』と評判がいいんですからね」

「……それはお前の弟の話だろう？　お前自体はどうなんだ？」

「……」

無言でニッコリと微笑んでみせたら、頬を引き攣《つ》らせて体を引かれた。

まったく、この王は失礼な精霊だな。

「で、具体的に俺は何をすればいい？　内容によっては協力してやる」

「あなたの城で起きていることであり、あなたの姪のことなんですから、協力するのは当然でしょう？」

笑顔のまま告げると、陽獅子は嫌そうな顔をしつつも言い返すことはなかった。

まぁ、当然だよね。

「とりあえず、私の妻はあなたの姪と交流を図り、最終的にはゼノの伴侶であるクロとの間を取り持つつもりのようです」

「昨日お前の嫁が言っていたのとは一転して、まともそうに聞こえる言い方だな」

「やることは同じですから、問題はないでしょう？」

バーティアのように、「クロの可愛さをわかってもらうのですわ！」なんてことを言っては、話がなかなか進まない。

まず、なんでそうなったのかの説明から始めないといけないのだから、気の遠くなるような作業だ。

それなら、経過は端折《はしょ》って、結論としてやろうとしていることをそれなりに真面目っぽい言葉で告げたほうが効率的だろう。

「まぁ、そこはいいとしよう。お前からお前の妻のような言葉が出てきたら、それはそれでゾッとするからな」

陽獅子が片手で自分の頭をワシワシと豪快に掻いてから、眉間に皺《しわ》を寄せて話す。

そういえば、彼の髪は今日も乱れているけれど、彼にはクロにとってのゼノのように毛並みを整えてくれる伴侶はいないのだろうか？

いや、あまり彼に興味はないから聞く気はないけどね。

「そこは同感ですね。とにかく、妻があなたの姪と関わる間の安全の確保をそちらでもお願いします」

「『そちらでも』ということは、お前のほうも動いているということか？」

陽獅子が片眉を上げて確認をしてくる。

私はそれに笑みを浮かべて頷いた。

「今日、連れてきたメンバーを見ればわかるでしょう？」

「……いや、今回の出来事の流れを見る限り、あれはあれで心配なメンバーなんだが？」

陽獅子が私のことをジト～ッと見てくる。

私が逆の立場だったとしても、同じような反応をしてしまいそうな気はするが、それでもあれはあれで最適に近いメンバーなんだよ。

可能であれば、そこに陽獅子と縁、場合によっては嵐鳥という親世代の精霊たちも入れたいところだが、彼らにはそれぞれ仕事があり、忙しい。

頼んでもずっと付きっきりでついていることはできないだろう。

もしかしたら、嵐鳥あたりはなんとか都合をつけてきてくれるかもしれないが、嵐鳥単体だと状況によっては不安要素が増す可能性がある。

嵐鳥はできれば、縁とセットで動いてほしい。

「では、あのメンバーに光の王、あなたが入ってくれますか？」

「無理だ。俺は忙しい。……というか、あのメンバーを抑えられる気がせん」

満面の笑みで陽獅子を指名したら、顔を引き攣《つ》らせて丁重にお断りされてしまった。

実に残念だ。

「そういうお前はどう動くんだ？」

「私はなるべくストッパーとしてついているつもりですが、それだけでは根本的な解決にはなりそうにないんで……」

チラッと陽獅子に視線を向ける。

……「わかっているだろう？」という意味を込めて。

「そっちが本命の用事か」

「妻たちの安全確保も十分大切な用事だと思っていますよ？　ただ、それも含めて早めにこの問題は解決したほうがいいと思いまして。そのためには、あなたの協力……特に情報収集能力が必要なんですよ。そして、あなたが今回の件に関係ありそうな情報を集めておいてくだされば、私が直接動かなくていい分、彼女たちのストッパー役に割《さ》く時間を増やせる、というわけです」

ニッコリと笑みを送ると、陽獅子はしばらくじっと私を見つめた後、それはもう大きな溜息をついた。

「なるほどな。俺がお前に協力したほうが、お互いのためというわけか」

「ご理解いただけたようで何よりです」

ソファーの背もたれに身を預け、天井を仰いでしばし何かを考えている様子の陽獅子。

私はそんな彼の様子を観察しつつ、無言で次の言葉を待った。

「しゃーねーな。協力してやる」

勢いよく上体を起こした陽獅子が、睨んでいるとも受け取れるような強い視線を私に向ける。

多分、彼は私のことが嫌いで苦手だ。

そんな私に協力しないといけないのは業腹なんだろうけれど……為政者《いせいしゃ》というものは、時に己を殺してでも利を取らないといけないからね。

そこは我慢してもらおう。

「私たちが精霊界にいられる期間は結構短いんで、情報収集は早めにお願いしますね。あ、あと、もう既に調べてある分の資料については、帰りにいただいていくので、準備しておいていただけると助かります」

「もう調べているなんて一言も言っていないが？」

眉間に皺《しわ》を寄せながらジロッと睨んでくる陽獅子。

その目にはわずかに警戒の色が滲《にじ》んでいる。

「別に誰かがそちらの情報を漏らしたとかそういう話ではありませんよ。ある一定時期まで順調に安定に向かっていた力が急に不安定になる。そんなことがあれば、姪を大切に思うあなたが何も調査せずにいるとは思えない」

「……要するに鎌をかけたということか？」

「いえ、状況から既に確信していたので、別に鎌をかけて情報を得ようとしたわけではありません。

そろそろ妻のところに戻りたいので、余計なやり取りを飛ばして、要件を伝えたというだけの話ですよ」

「食えない奴」

「王族なんてものは皆そんなもんでしょう?」

「はっ! そうかよ」

小首を傾げて尋ね返すと、陽獅子が鼻で笑う。

私の言葉をあまり信じていないのだろう。

でも、王族に、他者と駆け引きする能力が必須だというのは事実だ。

上に立つ者がなんでもかんでも相手の要求を受け入れていては、国が大変なことになってしまう。

そうならないようにするためにも、状況を把握する目と駆け引きする頭脳は必要不可欠……いや、バーティアは王太子妃なのに、それらがなくてもなんとかなっているね。

代わりにやってもらえるだけの人望というものがあれば、意外となんとかなるのかもしれない。

まぁ、それができる人望を身につけることは難しいから、誰でもできるというわけではないのだろう。

「人間の世界も大変だな」

「人間のほうが精霊より人数が多いし、悪意のある者も多いからね。でも、精霊ほど自由気ままではない分、やり方さえちゃんとすれば、統制は取りやすいよ」

「ああ、確かにな。昔、人間の世界を見て回っていた時、そんな感じだったな」

私の言葉に今度はしっかりと納得した様子の陽獅子。

彼は昔を思い出すように、ゆっくりと大きく頷いていた。

精霊は人間より寿命が長いから、彼も今までに色々な経験をしてきたのだろう。

そんなことを考えつつ、私は光の王の執務室を後にした。

＊＊＊

「クロ～、いいですわよ！　そこで振り返って視線をくださいませ!!」

「っ！」

「尻尾の角度をもう少し上げて。そう！　そうですわ!!」

「……」

光の王の執務室を出て、バーティアたちのいる光雀の部屋に向かったのだけど……一体、これはどういう状況なんだろう？

私が着いた時、光雀の部屋の扉は少し開いていた。

扉の前には、光の王の城に勤める護衛役っぽい光の精霊が、口元をヒクヒクさせつつもなんとか笑いを堪えて立っている。多分、中で何か悪いことが起こった時にすぐにわかるように、わざと扉を少し開けた状態にしているんだと思う。

護衛役の光の精霊は、私が来たのに気付くと、スッと横に避け、中に入るようにと身振りで促《うなが》してきた。

その時の表情や仕草に「早くあれをなんとかしてくれ」という意味が含まれているように感じたのは気のせいだろう。

とりあえず、静かにしつつ中の様子を覗いてみた。

中では、バーティアが奇妙なものを持って、テンション高くクロの周りを行ったり来たりしている。

彼女の手にあるのは、黒くて四角い箱。

……よく見たらあれ、クロの作り出した闇の結界でできているみたいだね。

そこに丸い穴があって、その穴を……多分あれはゼノの作り出した水のレンズかな？　それが覆っているようだ。

……レンズっていうことは、メガネか何かの一種かな？

いや、あの感じだと……バーティアの前世の知識を基に精霊の力を駆使して作られた……姿を写しとる機械のようなものかな？

クロがポーズを変える度に、パシャッ……パシャッ……という音がして、それと共にもの凄く精巧なクロの絵が機械から出てきている。

それを……遠い目をした光雀の前に置いているね。

うん。まさしくクロの可愛さアピールという感じだ。

……見せられているほうは、表情が死んでいるけど。

思わずパタンッと扉を閉めそうになり、護衛役の精霊が中の様子を知るために開けてあることを思い出して、手を止める。

その代わり、その護衛役の精霊に笑顔で告げた。

「……ふぅ。私はちょっと疲れたから、庭を散歩させてもらうね」

「……どうぞ中にお入りください」

「この城は中庭も綺麗そうだね。折角精霊界に来たのだから少し観光させてもらうよ」

「お連れ様が中でお待ちです。どうぞ、お入りください」

「女性が楽しそうに遊んでいるところに、男性が入るのは無粋だろう？」

「お連れ様……ゼノ様がお待ちです。お入りください！　というか、あなたの奥方をなんとかしてください！　笑うのを我慢するのが辛いんです‼」

必死で真面目な顔を作っていた護衛役の精霊が、ついに我慢できなくなったのか本音で訴えてきた。

……口元がヒクヒクしていた時点で彼の気持ちはなんとなくわかっていたけれど、からかいすぎてしまったみたいだね。

「わかったよ。仕方ないな」

「……」

無言で睨んでくる護衛役の精霊の前を笑顔で通り過ぎ、軽くノックをしてから中へ入る。

「あ、セシル様！　見てくださいⅡ　精霊の皆様に協力していただいて、『カメラ』を作りましたの！　それでこんなに可愛いクロの『写真』がいっぱい撮れましたわⅡ」

私が来たことに気付いたバーティアが嬉しそうに駆け寄ってくる。

そして、私の手を引き、クロの『写真』とかいう絵姿が大量に並べてあるテーブルに案内してくれる。

もちろん、その正面には、死んだ目をした光雀が疲れ切った様子で座っている。

……クロへの好感度が上がるかどうかは別として、これだけクロの絵姿が並べられているところに座らされていれば、クロの存在に少しは慣れるだろう。

慣れすぎて、夜、夢に出てくるかもしれないけれど……まぁ、その時には私たちはいないし、彼女の文句を聞くのは別の人物になるから問題ない。

でも、さすがにこの状況は止めたほうがいいかもしれないね。

死んだ目をしている光雀がそろそろキレて暴走しそうな予感がする。

さて、楽しそうなバーティアの気分が下がらないように状況を変えるにはどうしたらいいかな？

そう考えつつ、バーティアが嬉しそうに説明しているクロの絵姿に目を向ける。

「……うん。これがいいね」

私はその中から一枚を選び、ソッと手に取る。

「まぁ！　それはゼノに撮っていただいた私とクロのツーショットですわ!!」

バーティアが私の手の中の絵姿を覗き込み、笑みを浮かべる。

「クロ単体の『写真』よりも二人が楽しそうにしている姿を見るほうが私は好きだな」

私の言葉に、バーティアが驚いた様子でこちらを見る。

そして、何度か絵姿と私を見比べると、少し恥ずかしそうに微笑んだ。

「ねぇ、ティア。こんなに素晴らしい絵姿……『写真』とかいうのが作れるなら、私も君の『写真』が欲しいな。ああ、私と君のツーショットというのもいいかもしれないね」

ニッコリと笑って彼女が手にしている『カメラ』とやらをソッと撫で、ねだるような視線を向けると……ボンッと顔から湯気が出そうな勢いで彼女の顔が真っ赤になった。

「そ、そ、それは……あの……その……」

言葉にならない声を上げながら、バーティアはギュッと『カメラ』を握り締め、俯《うつむ》く。

ああ、よく見たら顔だけじゃなくて、首まで真っ赤だね。

「それは、えっと……私も、セシル様の写真やセシル様と一緒の写真が欲しいですわ……」

照れくささからか、俯《うつむ》いたままモニョモニョと小声で話すバーティア。

フフフ……。こんな風に照れている彼女は一段と可愛いね。

できればこのまま楽しいデートといきたいところだけれど……先にこの状況を収拾しておかないとね。

「ねぇ、ティア。私たちだけじゃなくて、他の人も、大切な人の『写真』や、大切な人と一緒に撮る『写真』というものが欲しいんじゃないかな？　……ほら、光雀に見せているクロの可愛い『写真』だって、多分一番欲しいって思っているのはゼノだと思うよ？」

ソッと彼女の頭を撫でながら、視線をゼノに向けて話を合わせるように無言で合図を送る。

ゼノもこの状況をどうすればいいのか悩んでいたのか、ハッとした表情になり、何度もコクコクと頷いた。

でもまぁ、きっとゼノも本心ではクロの『写真』を欲しいと思っていたはずだから、あながち嘘ではないと思うんだけどね。

「バーティア様が撮ってくださったクロの『写真』、本当に可愛いですね。私も是非欲しいです。ええ、それはもうここにある分、全部」

ゼノが光雀の前に置かれている『写真』を一枚一枚丁寧に手に取り、集めていく。

無理矢理クロの『写真』を渡されて固まっている光雀から『写真』を違和感なく回収して困らせないようにするというのが目的だったんだけど……そんな目的に関係なく、『写真』を集めるゼノは少し嬉しそうだった。

クロもそんなゼノの様子を見て、少し恥ずかしそうに頬を染めている。そして、トトトッと小走りに彼のもとへと行って、ピトッと体をくっつけ甘える素振りをみせた。

その視線は、「そんなに欲しいの？」「そんなに私のこと好き？」と尋ねかけているかのようで、恥ずかしさの中にも嬉しさが滲《にじ》んでいる。

……まぁ、表情自体はいつも通りあまり変わらないんだけどね。

「ねぇ、ティア。ティアがクロを一方的に『写真』に撮って、光雀に見せるだけよりも、皆で楽しく『写真』の撮り合いをしたほうが思い出に残るし、いい交流になると思うんだけど、どうだい？」

私の提案に、ゼノの姉たちが「楽しそうねぇ」「私たちも撮ってみたいわ～」と目を輝かせ賛同し始める。

ちなみに、目の前に広げられていたクロの『写真』を回収された光雀は、ホッとした様子で体の力を抜いていた。

彼女にとっても、嫌いなライバルの絵姿を散々見させられるだけよりも、皆で様々な絵姿を撮って、その中に嫌いなライバルのものもまざっている程度の状態のほうがましだろう。

それに、「皆で」という形になれば、パーティアやクロの視線も光雀だけでなく他の人にも向くから、少しは気が抜ける時間が増えるだろうし。

「さすが、セシル様！　確かにそうですわね!!　……私も折角『カメラ』を作っていただいたのであれば、セシル様とお撮りしたいですし。ねぇ、クロ……まぁ、クロもゼノと撮りたいんですのね!!」

私の提案はパーティアの気に入るものだったらしく、まだ赤みの残る顔をパッと上げ、目をキラキラさせて私を見る。

その後、彼女が今回の主役（？）だったクロに同意を求めるように視線を向けると、クロはゼノの腕にギュッと抱きついて、自分もゼノと撮りたいアピールをしていた。

うん。仲睦まじくていいね。

……でも、ゼノに横恋慕している光雀の前でそれをやると、彼女の視線が鋭くなるんだけどな。

ゼノは……気付かず照れているが、クロのほうは確信犯だね。

光雀に対して「フンッ！　どうだ」とでも言いたげな視線をチラッと向けているし。

クロからしたら、自分の伴侶にちょっかいを出そうとしている相手への牽制の意味合いもあるからそういう行動になるんだろうけれど、それじゃあ、本当に悪役みたいだよ？

そして、ゼノの姉たち。

自分たちのせいで、こんな厄介な状態になっているというのに、「まぁ、恋の三角関係ですわ！」と小声でキャッキャッと騒いで楽しむのはやめようか。

「女性同士で撮っても楽しいだろうし、男同士……はいらないね。とにかく皆で楽しみながら時間を過ごせばいいよ」

一瞬「男同士で撮ってもいい」と言いかけてしまったけれど、私とゼノのツーショットとか誰も欲しがらないだろう。

少なくとも私はいらないし、ゼノも私の発言に同意するように何度も繰り返し大きく頷いている。

「では、クロの撮影会はこれでおしまいにして、皆での撮影会をしますわ!!」

バーティアが楽しげに宣言する。

早速ゼノの姉たちが「キャー！　待ってました」とワイワイ騒ぎ始める。

やれやれ、これでひとまずクロだけが『写真』を撮られ、光雀がひたすらそれを見させられるという微妙な状態からは脱出できたね。

後は、残りの時間をのんびり『写真』を撮りながら過ごせばいい。

だから視界の端で、気を取り直した光雀が、クロの目の前でゼノに二人で『写真』を撮りたいとアプローチしているのなんて、私は知らない。

断ってもしつこく粘られて助けを求めるような視線をゼノがこちらに向けているのにも、私は気付かないよ。

「さぁ、ティア。一緒に『写真』を撮ってくれるかい？」

「はいですわ!!」

「で、殿下！　た、た、助け……」

「なんだかんだで、今日は楽しく過ごせそうで良かったね」

ニッコリと微笑む私に、ゼノが絶望したような顔になる。

うん。こういうことは自分でなんとかしないとね。

それに、これから数日間は、きっとこういうことが続くだろうから、自分でなんとかする術《すべ》を身に付けておかないと、ゼノ自身が困ることになると思うしね。

だから私は心を鬼にして彼を見捨てることにするよ。

「この『写真』というのは、今日のような楽しい思い出を残せそうでいいものだね」

「セシル様と一緒のお写真は、きっと大切な記念になりますわ!!」

バーティアが嬉しそうに私のほうに身を寄せ、一緒に『写真』を撮ろうとする。

私たちの後ろには、恨めしげな視線を送るゼノがいるのでその姿も写っちゃうんだろうけど……

まぁ、これも面白い思い出になるから、いいだろう。

六　バーティア、光の領域通い最終日に向けて。

「……セシル様、そろそろアルファスタに帰らないといけないんですわよね？」

バーティアが光雀のもとに通い始めて四日目の朝。

元々今回の精霊界への同行は、精霊界がどんな感じのところなのか、クロやゼノの実家がどんな風で、彼らの家族がクロとゼノが伴侶になることに対してどんな反応をするのかわからなかったため、少し長めに日程をとってあった。

しかし、そうはいっても限度というものはある。

特に私とバーティアは、アルファスタ国の王太子と王太子妃という立場だ。

周りの信頼のおける人間に協力してもらっているとはいえ、人間の世界を不在にしていることを誤魔化すにも限界がある。

バーティアがクロと光雀の仲を取り持とうと頑張っているのはわかっていたから、ギリギリまで待とうと思っていたけれど、そろそろ帰ることも考えないといけない、ということを昨晩彼女に伝えた。

その結果、もう帰るのだということで彼女にも思うところがあったのだろう。

今日、光雀のところに向かうバーティアの足取りはどこか重い。

……反対にゼノの足取りは軽くなったけど、それはそれで少し腹が立つね。

「いつまでもこうしてはいられないからね。それに、昨日光の王から部下経由で連絡が入ったんだよ」

「連絡……ですの？」

バーティアがなんのことかと不思議そうに首を傾げた。

＊＊＊

話はバーティアが光雀のもとに通うようになった初日に遡《さかのぼ》る。

帰り際、陽獅子は部下を通して約束通り、光雀に関する資料を渡してくれた。

あくまで、彼女の力が急に不安定さを増した理由について調べた資料だから、彼女自身のプライベートについては必要最低限しか載っていない。

とはいえ、さすがに本人の目の前で堂々と渡すことはできなかったのだろう。ジッと見つめる人の気配を感じた私は、光の王の城から帰る集団の最後尾に移動した後、不自然にならないように少し歩みを遅くし、前の集団と距離があいたタイミングで、陽獅子からおつかいを頼まれていた精霊から資料を受け取った。

そのことに、ゼノと秋風は気付いたらしく、チラッとこちらを見たけれど、それ以上反応せずに流してくれた。

おそらく、彼らも私が何を受け取ったのか、それがなぜ必要なのかをわかっていたのだろう。

ちなみに、秋風とは精霊王の領域に着いたタイミングで別れたから、その後も特にその件について話はしなかった。

ゼノとは、クロの実家に戻った後、バーティアとクロが一緒にお風呂に入りに行ったタイミングで情報共有をした。

……その際に、いつの間にか戴豆まで来ていたのだが、彼は情報だけ聞くと無言で退室していき、その後何かしてくることはなかった。多分、この件に関しては私たちに任せるということなのだと思う。

陽獅子からもらった資料には正直たいした情報は載っていなかったが、光雀の体質に影響を与える可能性がありそうなことについては一通り調べてあった。

たとえば、安定しかけていた力が不安定になった時期……資料によると一年半ほど前らしいが、その時期に光雀が会った相手や、彼女が食べた、普段はあまり食べないもの。あと、彼女に直接関係はなくても、光の領域で起きたトラブルなどについてだ。

「精霊は時間に無頓着なので、この一年半前というのは誤差があると思っておいたほうがいいです。それに伴い、ここに書かれている情報にも漏れがある可能性があります」

私が資料を見せた際、ゼノはそんな風に苦笑いしながら忠告してくれた。

ゼノ曰《いわ》く、力が不安定になったとはいっても、光雀の今の状況を見る限り、一目でそれとわかるレベルのものではないらしい。

ある程度の期間一緒にいたり、本人自身が違和感を覚えて調べ始めたりしてわかる程度のもので、変化が起こったことが発覚するまでには多少時間がかかったのではないかと推測できるのだとか。

とはいえ、本人は自分の力がいつにも増して乱れるわけだから、違和感を覚えたり不調を感じたりはする。

それが体調や気分のせいではないと自認して確認するまでには、一週間はかからないのではないかとのことだ。

つまり人間でたとえるのなら、風邪の引き始めのようなものだろう。

高熱が出れば、一発で体調がおかしいとわかる。

顔が赤くなったり、咳や嘔吐などの症状が出たりしてもすぐに自覚する。

けれど、風邪の引き始めは本人は違和感を覚えるが、強い症状ではないため、気のせいかもしれないと思ったり、疲れているのかな？　とか、ちょっと風邪気味だけれどこれくらいすぐに良くなると認識したりするぐらいで、あまり騒ぎ立てることはない。

他者にそのことを伝えたとしても、「ちょっと変かも？」程度の内容で、それを聞いて周りが慌てて対応をすることは少ない。

ただ、それが長引いたり悪化したりすれば、明らかに風邪を引いたという認識に変わり、薬を飲んだり安静にしたりと対処を始めるだろう。

風邪だと思わなくても、だるさが一週間も続けば医者にかかることだってある。

こういった状態が、光雀の力の不安定さにもあてはまるということだ。

そして、ゼノが言っていた、「精霊は時間に無頓着」という言葉。

これが、「判明までに時間がかかっていたかもしれない」というものと合わさると、情報の曖昧《あいまい》さが一気に増す。

だってそうだろう？

時間の感覚が曖昧《あいまい》ということは、過去にあった出来事がいつ頃のことかをあまり認識していないということだ。

光雀の力の乱れが判明して、それがいつ頃だったかを改めて確認しても、誤差が生じる可能性がある。

そして、なんとなくでも「これくらいの頃から」というのを割り出したとして、その時期にあわせて本人や周囲に聞き取りを行っても、聞き取りを行った相手も時間の感覚が曖昧《あいまい》だと、本当に光雀の力が乱れた前後にあった出来事なのかどうかがわからなくなってしまう。

「一応、光の王が複数の証言をもとに割り出した情報だから、そこら辺の精霊を捕まえて訊いた情報よりは信頼性があると思うけれどね。ゼノが言うように漏れや誤差がある可能性も含めて考えないといけないね」

つまり、今回もらった資料に特に気になることがなかったからといって、光雀にその時期に問題がなかったと断言することはできない。

それに、一つだけ気になる情報があるんだよね。

この情報については、もう少し詳しく知りたいから、陽獅子に依頼をかけておこうかな。

……私の予想通りの結果が出れば、光雀の力の乱れの要因についても仮説が立てられる。

そして、その仮説を裏付けるための調査をして、結果が思った通りであれば、光雀の状態を改善するための方法も見つかるだろう。

そこまでやれば、光雀についてやるべきことはやったと見做《みな》してアルファスタに帰り、後日、治ったかどうかを確認する程度でいいと思う。

そもそも、本来であれば私たちがそこまでやる必要がないことだしね。

「それで殿下はどこが気になっているんですか？」

私が何かに気付いたのを感じたのだろう。

ゼノが尋ねる。

ゼノは私のそばに常に控えて仕事をしているんだから、それくらいは自分で気付いてほしかったんだけどな。

まぁ、仕方ないか。

「もちろん、ここだよ」

手にした資料の一ヶ所を指差す。

「そこ……ですか？　お昼寝をすると部屋に入った光雀が一時的に行方不明になったって話ですよね？　確かに行方不明というのは気になりますけど、結局はすぐに庭の木の下で寝ていたのが見つかったと書いてありますよ？」

ゼノが資料に目を落とし、首を傾げる。

「甘いね。さっき、君自身が言っていたじゃないか。『精霊は時間に無頓着だ』って」

「それはそうですが……。さすがに光の王の姪、しかも特異体質である光雀が行方不明になって見つからないとなれば、皆総出で捜したはずです。何時間も見つからなければ、光の王の記憶にだって残っているはずですよ」

私が何を言いたいのかいまいちわからない様子で首を傾げる。

確かに、光雀が行方不明、しかも何時間もいないのにそれを『短時間』と認識する可能性は低いだろう。

でもね……

「確かに、光雀が『いなくなった時間』についてなら、誤差は生じにくいだろうね。でも、そこに光雀が『昼寝をしている時間』も含まれるのなら、話は別だよ」

「それって……」

ゼノがハッとした表情を浮かべる。

「さすがに光の王も光雀がいなくなったんだ、見つかった彼女に事情を聞いただろう。けれど、それに対する彼女の返答がこれだ」

私は先ほど示した場所から少しずれた場所を指差す。

「……『昼寝をしていて、途中で目が覚めて、外が気持ち良さそうだったから外に移動してもう一度寝た』ですか。確かに外で寝ていた彼女にそう言われれば納得するでしょうけれど、殿下は違うとお考えなんですね」

ゼノが私の言いたいことを察したのか、思案するように顎《あご》に手を当てる。

「そういうこと。『いなくなった時間』というのは、あくまで使用人が彼女が部屋にいないことに気付いてからの時間だからね。彼女が昼寝などせずにどこかに行っていたということになれば、もっと長く『いなくなっていた』だろうね」

「その空白の時間に何かがあったと？」

「ああ、そういうことだ」

資料に書かれている内容では、使用人が捜索を始めてすぐに彼女を見つけている。

それも庭の木の下で寝ていたというとても平和的な状態で、だ。

そして、彼女自身も、一度昼寝した後にそこに行ったと証言しているため、「お姫様が気分転換に外で日向ぼっこをしていたが、そのことを知らなかった使用人が慌てて捜した」という日常的に有り得る、平凡なエピソードとして処理されている。

確かにこれだけなら問題になるようなものではないから、聞き流されて当然だろう。

でも、それはあくまで『本当のことなら』だ。

「この空白の時間の真相がわかれば、きっと彼女の不調の原因もわかると思うよ」

資料から取りこぼした情報に重要なものがなければの話だけれど、私は明らかにここが怪しいと思っている。

「それでは？」

「この部分について、いくつか調べてほしいことがあるから、それを光の王に頼むつもりだよ。その結果が予想通りなら、光雀に改めて話を聞いて、事実を教えてもらおうと思っている。彼女自身が気付いているかどうかはわからないけれど、おそらくその時に彼女が話す内容の中に、彼女の不調の原因が潜んでいるんじゃないかな？」

私の言葉に、ゼノが納得した様子で頷く。

その際に、「ちなみに、殿下が考えている仮説は？」と聞かれたけれど、無言で笑みを返しておいた。

まだ確実でないことを他言するのは良くないからね。

別に、後で知った時の反応を見てみたいとかそういう理由ではないよ？

「まずは、裏付けから始めよう」

こうして方向性を定めた私は、翌日に陽獅子に調べてほしい情報リストを手渡したのだった。

＊＊＊

こうして、欲しい情報をリスト化し、陽獅子に渡した翌日。

つまり昨日の夕方、陽獅子の部下からこっそりと資料を渡された。

もし、その日に資料が届かないのであれば、私のほうから催促に行くつもりだったから、とても助かった。

別に明確な期限を切ってあるわけではないし、その日に来ない可能性だってあるんだけれど、陽獅子であれば部下を使えば一日で十分調べられる内容だから、プレッシャーをかけておいたほうがいいと思っていたしね。

こちらも、帰る日が明確ではないとはいえ、あまり長居はできない。

悠長なことは言っていられないのだ。

「……陽獅子、やはりやればできるね」

滞在先の闇の王の城に戻った後、部屋で手渡された資料に目を通すと、私が欲しい情報がそのまま載っていた。

まさに思った通りの結果。

この情報さえあれば、光雀に話を聞くことができる。

私が気になっていたあの空白の時間に何があったのかを確認できる。

「バーティアは精霊界を満喫しているから、急かすのは可哀想だけれど、国を長く離れすぎるのも良くないしね」

ここにいる間は、私たちはバーティアの実家であるノーチェス家に滞在していることになっている。

彼女の父であるノーチェス侯爵やノーチェス家の人たちに協力してもらい、人間の国のどこにもいない私たちがそこにいるように見せかけてもらっているのだ。

ノーチェス侯爵はとても優秀な人だし、ノーチェス家の人間は使用人に至るまで口が堅く、バーティアのことを大切にしている。

団結力も強いため、そうそうバレる心配はないのだが、やはり期間が延びれば延びるほど、リスクは高くなる。

私がここにいる間の仕事は側近たちに任せてあるが、彼らだけでできることは限られる。

少し前に、国家間の付き合いとして、バーティアの友人であるリソーナ王女の結婚式に出席するために長期間国をあけた時は、事前にしっかり準備をした上に、大々的にリソーナ王女の嫁ぎ先であるシーヘルビー国へ行ったことを知らせていたから、問題なかった。

けれど、今回はあくまで個人的なお出かけだし、しかも精霊界の存在自体が一般的には伏せられているため、こっそりと来ているのだ。

事前に側近たちに仕事を振ってきたとはいえ、私になんとかしてほしいという貴族たちの要望や依頼は、私の不在中にも普通に届くだろう。

城にいない言い訳に使わせてもらったノーチェス家と城とは、そんなに遠くない。

本当に困ったり、仕事が溜まったり、私の助力が必要になったり……なんてことがあれば、私の側近たちが普通にノーチェス家を訪ね、私の指示を仰ぐだろうと考える者は一定数いるだろうからね。

そこを見越して、側近たちに色々言ってくる奴らに関しては、もちろん後で嫌味や仕事の一つ二つは与えようと思っているけど。

……国を運営する上で、そこは重要な躾《しつけ》だよね。

とにかく、バーティアがいくらクロと光雀の関係をなんとかしたいと思っていても、今回に関してはどうしてもリミットがある。

そのリミットを超えてもどうしてもバーティアがなんとかしたいというのならば、一度国に戻って溜まった執務をこなし、その後時間が空いた時に、今回のように数日単位ではなく、数時間から一日程度、精霊界に来るしかない。

この辺については、バーティアが望めば精霊王に交渉することはできる。

そんな感じで、状況とバーティアの望みに合わせて対応していけばいいけれど、それでも今回の滞在を無制限に延ばすという選択肢はない。

日頃部下に対して無茶ぶりをすることがよくある私だけれど、さすがにそれをやってしまったら彼らが可哀想だと思うし、バーティアも友人や私の側近、部下たちが大変な思いをすることは望まないだろうからね。

そう考えて、私は昨日の夜に、バーティアにそろそろ国に帰る頃合であると伝えた。

アルファスタを出る前にバーティアにもおおよそのスケジュールは伝えてあるから、本来ならば言わなくてもわかることなのだが……

私の妻は何かに夢中になると、周りが見えなくなる性質だから、きちんと言葉にして伝えておく必要がある。

案の定、寝る前にそのことを告げた瞬間、バーティアはハッとした顔をしていた。

……帰国しないといけないという事実が完全に頭から抜けていたんだろう。

そこから、しばらく何か思案する顔をしていたけれど、それでも国に帰らないといけないという事実はわかっている。

少し残念そうな顔でしょぼんとしつつ「わかりましたわ」と頷いていた。

そして現在。

バーティアは光雀のところに向かいながら、私に再度そろそろ帰らないといけないという事実を確認してきたのだ。

バーティア本人も帰らないといけないことはわかっているから、やりたかったことを志《こころざし》半ばで諦めるために、儀式的な感じで聞いているだけなのだと思う。

私もそのことに対して申し訳なさ……というよりも、妻の望みを叶えられないのは嫌なので、問題自体は明日には解決して、最後はすっきりとした気持ちで帰れるようにしようと思い、準備を済ませてある。

そのうえで、事態の解決に必要だった光の王から連絡があったという事実を彼女に伝えた。

「ティアがクロと光雀のために頑張っているようだったから、私も何か協力できることがないかと陽獅子と話をしていたんだよ」

「そういえば、一昨日、光の王様のところに行っていましたわね」

バーティアが言っているのは、私が陽獅子に欲しい情報のリストを渡しに行った時のことだろう。

ちなみに、ゼノとは得た情報を共有しているけれど、クロとバーティアには何も言っていない。

バーティアは気を付けないと他意なく得た情報を口にしてしまいそうだし、クロは今回に関しては光雀との関係が悪く、得た情報をどのように使うかわからないためだ。

……クロは悪い子じゃないから、悪用はしないと思うけれど、ゼノを奪われるかもしれないという嫉妬心や不安は大きい。

それらが限界を超えてしまった時に暴走するのを避けるためにも、変な情報は入れないほうが彼女のためだと考えたのだ。

「今日はちょっと情報の整理をしようと思う。そして、明日、光の城に行ったら、私はまた陽獅子と少し話をしてくるよ。連絡をくれたお礼と、その日に問題を解決するつもりだと告げるためにね」

光雀を問い詰めるために必要な情報は既に揃っている。

後は疑問を投げかける形で、彼女が話すように促《うなが》せばなんとかなるだろう。

ここからは、陽獅子の助力は不要だけど、彼の城でこれから起こる出来事、それも姪に関することだ。

事前に姪に対して問い質《ただ》すという事実くらいは先に伝えておいたほうがいい。

その結果がどうなり、これからどうしていけばいいかについては、光雀の話す内容と彼女の反応次第だ。話を聞き終えてから帰るまでの間に、また陽獅子のところに赴《おもむ》いて話せばいいだろう。

「え⁉　解決しますの⁉」

私の発言が寝耳に水だったのか、驚いた表情でバッと私を見るバーティア。

私の口から『解決』という言葉が出たからか、さっきまでの暗い表情から一転して、目を期待に輝かせている。

「おそらく……ね。私のほうでも光の王に協力して情報収集をしたんだけど、彼女の力が不安定になった原因がわかりそうなんだよ。ただ、現段階では推測の域を出ないから、私の推測をもとに光雀の話を聞く必要はあるけれどね」

諸々の状況から、私の推測は高確率で当たっているると思っているけれど、本人の口から事情を聞かないと確定はできない。

「それは良かったですわ!! あ、でも、それだとクロとの関係改善やゼノとのことは……」

いつの間にか置き換わっていた、バーティアが光雀のところに日参する理由。

確かに、光雀の不安定な力の原因を究明しても、そちらが改善するわけでない。

……それら二つが繋がっていなければね。

「大丈夫。光雀の話を聞くまではっきりとしたことは言えないけれど、おそらくそっちも連動して解決すると思うよ」

私の言葉にバーティアがキョトンとする。

「で、でも、今のところ、クロの可愛さアピール大作戦は上手くいっていませんわ」

ここ最近の努力が今のところ実を結ぶ気配すらないことを思い出してか、バーティアが表情を暗くする。

まぁ、今のままじゃ、上手くいかないね。

大体、嫌いだと宣言している相手の可愛さをアピールされても、好きになれる可能性は低いと思う。

自分で嫌いな相手のいいところに気付いて、イメージを変えていくことは普通にあるけれど、人からいいところを押し売りされても『嫌い』というイメージが固定化されていたら、「ふ～ん」程度で流すことのほうが多いはずだ。

自分の感覚と第三者――それもほぼ初対面の人物の話。

どちらを信じるかといったら、自分の感覚だろう。

けれど今回に至っては、実はそれ以前の問題なのだと思う。

原因を取り除かない限り、光雀が感じている謎のクロへの恐怖感と、ゼノへの好意はおそらく変わらない。

「私、クロのいいところをアピールしようと、光雀ちゃんと一緒に料理をしたりしましたわ。……でも、なぜか私の好感度は上がりましたけれど、クロの好感度は変わりませんでしたの」

「……」

いや、当たり前じゃないかな？

パーティアがいなり寿司とかを作る時、クロはお手伝いはするけれど、自分で何かを作って完成させるってことはしてないよね？

「胃袋を掴めばなんとかなると思いましたのに、なんでですの……」

ある意味成功しているよね？

料理を作った本人である君への好感度が上がっているし。

「一緒に運動をしたら一体感が生まれていいかもしれないと思って、運動もしてみましたわ。でも、駄目でしたの……」

「どうなったの？」

「無駄にライバル意識に火がついてしまって、最終的に光と闇が行き交って、目がとても疲れましたわ」

「……目薬を持ってくれば良かったね」

光と闇が行き交ったということは、精霊の力まで使った本気の勝負になったということだね。

それなのに、被害がパーティアの眼精疲労だけで済んだのであれば良かったんじゃないかな？

「ちなみに、ゼノがヒロインポジションで『私のために争うのはやめてください！』的な感じになって、最後左右両方から来た攻撃……間違えましたわ。ボールに挟み撃ちされていましたわ」

「ああ、そういえば、いつの間にかゼノの両頬が赤くなっていることがあったね」

確か二日目の昼過ぎのことだった気がする。

クロが心配そうに撫でていたっけ？

あれ、そもそも半分はクロのせいだったんだね。

それより、一つ気になっていることがあるんだけれど……

「ねぇ、ティア。私もなるべく君たちと一緒にいるようにしていたはずなんだけれど、今聞いた場面に覚えがないんだけど？」

時々調べものをしたり、使用人たちから直接話を聞いたりするためにその場を離れることはあったけれど、それ以外はなるべく私も一緒にいるようにしていた。

けれど、今話されたエピソードの場面に私がいた記憶はない。

これは一体、どういうことだろうか？

「あ、なぜかクロも光雀ちゃんも、セシル様がいなくなった途端に色々とやる気を出すのですわ！　ゼノの姉上たちも、セシル様がいなくなるとご自身が保護者役になったと思われるのか、意欲的にあれがいいこれがいいと言ってくださいますの」

「……」

君たち、私がお目付け役なのをわかっていて、私の目がないタイミングで好き勝手やろうとしているね？

確かに、放っておくとすぐに直接的なやり取りになりがちだから、私も敢えて威圧をしていた部分はあるけれど、そもそも駄目なことをしようとするから牽制されているってことはわかっているよね？

私が別の場所にいる間も、ゼノの姉のうちの誰かがちょこちょこと私の様子を見に来るから何を企《たくら》んでいるんだろうと思っていたけれど……私が戻る前には元の状態にしておこうと思って、動向を探っていたんだね。

ゼノがそのことを報告しなかったのは……多分、自分一人では抑えられず、皆が暴走したことを怒られるのが嫌で隠したんだろうな。

後で、ゼノとはきっちりとお話ししておこう。

とはいえ、実際は私もなんとなく知ってはいたけれどね。

お茶を飲んでいた風なのに、置いてあるお茶は明らかに放置されて冷めた状態になっていたり、のんびり過ごしていたはずのバーティアが疲れた様子でソファーで寝ていたりするのだから、察するなというほうが無理がある。

まぁ、それでも、私が光雀の部屋に戻る前に何事もなかったかのように取り繕《つくろ》おうとしていることで、できることがかなり限られて、必要以上にヒートアップせずに済んだのだから、私も抑止という役割を十分達成しただろう。

「今の話に色々と思うところはあるけれど……とりあえず、クロの好感度については、私の推測が正しければ問題が解決した段階で上がる……とまでは言えないけれど、無駄な恐怖心がなくなることで上がりやすくなると思うよ？　後は個人の相性の問題だから、仲良くなれるかどうかは本人たちに任せればいいからね」

私の説明に、いまいちわからないというように首を傾げるバーティアだけれど、私が今日と明日で光雀の抱える問題を解決するつもりであり、その結果については少し待てば知ることができると理解したのか、「わかりましたわ」と頷いていた。　……でも、とりあえず、皆が私に隠れてこそこそとやっている時、どんな感じになっているかは面白そうだから見ておこうかな？

今日は比較的、時間もあるしね。

ほら、人間という生き物は隠されると見たくなるものだろう？

だから、これは仕方ないんだよ。

＊＊＊

光の城に行き、いつも通りバーティアたちと別れて、ほぼ出揃っている情報の最終確認と、細々とした調整を行って……事前に告げておいた時間よりも早めに光雀の部屋へ向かう。

時間を告げずにいると、いつ私が戻ってくるかを確認するために、ちょこちょことゼノの姉たちが様子を見に来るのだけれど、何気ない日常会話に交えて今日の予定を告げておけば、私がバーティアたちのもとに向かうと告げた時間近くになるまでは誰も様子を見に来ない。

当然だよね。

私が戻るまでに誤魔化す必要があるからこそ、ゼノの姉たちは私の動向を探っていたのだから。

私が決まった時間まで戻ってこないという安心感があれば、様子を窺《うかが》いに来る必要なんてないのだ。

「フフフ……。私に隠れて、どんなことをしているのかな？　少し楽しみだね」

光の城に勤める光の精霊たちも、誤魔化しに協力している可能性が高いため、比較的光雀の部屋に近く、一人にしてほしいと言っても違和感のない図書館で調べものをする……ふりをしていた私は、伝えていた時間よりかなり早く図書室を後にして、光雀の部屋に向かった。

思っていた通り、誤魔化すことに協力しているであろう使用人の精霊たちは、異様なほど早く図書室から出てきた私にギョッとし、慌てた様子で私を押しとどめようとしたり、仲間の精霊に知らせてくるように目配せしたりしていたけれど……当然そんな手にはのらない。

あの手この手で、もう少し図書室で待っていてほしいと言い募る精霊を論破し、その精霊が目配せを送った精霊を引き留めて、光雀の部屋で読む予定だと言って適当に選んだ何冊かの本を運んでくれるよう頼む。

一応、私たちは精霊王が認めた客人であり、光の王が城の訪問を認めている客でもあるため、私に言われれば使用人である彼らも断りにくい。

私を押しとどめようとしていた精霊が、自分が運びますので！　と慌てた様子で言っていたが、それにも「道中、ちょっと見て、教えてほしいことがあるから」と適当に理由をつけて断りを入れ、その場を離れられる者がいない状態を作った。

後は、いかにサクサクと光雀の部屋に行くかだ。

もちろん、光の王の城に勤めている精霊は彼らだけではないから、移動している私たちを見た他の精霊が慌てて光雀たちに報告に向かう可能性は高い。

でも、図書室と光雀の部屋は近いから、本来なら最初に知らせに走るであろう彼らの足止めさえしてしまえば、途中ですれ違う他の使用人精霊が報告に走ったとしても、もう誤魔化す時間などほぼないだろう。

「あ、あの……光雀様のお部屋はここなんですが……」

部屋の中から届く光雀の怒鳴り声。

それを止めようとするゼノの姉たちとバーティアの慌てた様子の声。

そして、クロの威嚇音《いかくおん》。

私が光雀の部屋の前に立った時、扉越しでも余裕で聞こえてくるそれらに、私を案内した精霊と、私が本を持たせた精霊は顔を青くし、汗をダラダラと流している。

……なるほど。

廊下で何人かの使用人精霊とすれ違ったけれど、私のそばにこの二人の精霊がついていたことで、私が光雀の部屋に向かっていることはもう彼らが連絡済みと判断して、誰も知らせに行かなかったようだ。

嬉しい誤算だね。

「何をしているんだい？　入るよ」

もう逃げられないのはわかっているだろうに、それでも扉を開けることを躊躇《ためら》っている精霊に、ニッコリと満面の笑みを浮かべて促《うなが》す。

案内してくれていた精霊のほうはビクッと肩を震わせ、本を運んでいるほうの精霊はもう既に諦め顔になっていた。

もうできることは粛々《しゅくしゅく》と扉を開けることしかないにもかかわらず、どうすればいいのか悩んでいる精霊に、さらに笑顔で圧をかける。

その精霊は再び肩を震わせた後、チラッと本を持っている精霊へ視線を向けた。

状況を正しく理解して諦めの境地に達しているその精霊は、死んだ魚のような目をしつつ、静かに小さく頷く。

「はぁ……。では、お開けします！」

深い溜息をついた後、直前とはいえ扉を開ける前に私が来たことに気付いてほしいと思ったのか、案内役の精霊が妙に大きな声で私の来訪を告げ、力強くノックをした。

……絶賛大騒ぎ中の面々は気付かなかったみたいだけど。

「……」

ノックの音にも、来訪を告げる言葉にも反応が返ってこないことに戸惑いつつも、チラッと私を見る案内役の精霊。

ニッコリと微笑み、顎《あご》をしゃくって促《うなが》す。

案内役の精霊はダラダラと汗を流しつつも、もう一度強くノックをする。

「はいはい～」

今度は……この声は春風かな？　軽い返事と共に扉が開かれる。

「……あっ」

案内役の精霊の焦りを帯びた小さな声。

いつも通り、朗らかな笑みを浮かべてなんの気なしに扉を開けただろう春風。

案内役の精霊は春風がなんの警戒もせずに扉を開けたことで、二度目のノックの際に、自分が来訪者の名前を告げていなかったことに焦ったのだろう。

扉を開けた春風は、案内役の精霊の後ろに私が立っているのに気付いて、笑みを浮かべたまま固まっている。

「やぁ、出迎えてくれてありがとう。……なんだか中がとても愉快なことになっていそうだね」

動かない二人のことなんか気にしていない素振りで、春風が開けてくれた扉をさらに大きく開く。

取っ手を握ったままの春風が、扉と一緒に前に出てくる。それを避けて室内に入った。

……風の精霊は宙に浮いていることが多いから、意図的にその場に停止しようとしなければ、抵抗なくスーッと移動させられて便利だな。

「えっ？　ちょっと待って〜」

私が自分の脇をすり抜けるようにして室内に入ったことで、ようやくハッとした春風が私を止めようとするけれど、時既に遅し。

私は目の前に広がる光景を見て、どうしたものかと考え始めていた。

「こっちに来ないでください！　獣!!」

「シャアアア!!」

「わ、私の擬態《ぎたい》は獣ではありません！　美しい鳥です！」

「ま、待ってくださいませ！　枕投げはそんな風に本気でやるものではないんですの‼　パジャマパーティーはもっと和やかに、お喋《しゃべ》りをしたり、お互いの好きな人とか秘密とかを告げ合ったりして、親睦を深めるものなんですの～‼」

「私の好きなお方はゼノ様です！　だからさっさとあなたの悪しき力からゼノ様を解放してください‼」

「フシャー‼」

「私はあなたがゼノ様の伴侶なんて認めませんから‼」

黒い枕と白い枕を投げ……ずに、ぶつけ合い、互いを叩き合おうとしているクロと光雀。

その間で大きな枕を抱えてオロオロしているバーティア。

……どうでもいいけれど、クロは威嚇音《いかくおん》しか出してないけど、会話が通じているんだね。

あれは精霊特有の能力か何かかな？

多分、違うと思うけど。

あと、クロのことを獣と蔑《さげす》むように言っているけれど、擬態《ぎたい》が鳥の君はともかく、君の伯父は『陽獅子』という呼び名からして獅子の擬態《ぎたい》で、歴《れっき》とした獣分類に入ると思うんだけど、それはいいのかな？

ついでにいうと、彼は光の精霊の王だし、クロと同じ狐の擬態《ぎたい》を持つクロの母は闇の王なんだけど。

擬態《ぎたい》で獣と蔑《さげす》むのは、かなりリスキーな気がするよ？

まぁ、単純に頭に血が上って言っているだけで、本当は獣の擬態《ぎたい》をするからって下に見ているわけではないのかもしれないけれど。

「ちょっと、二人共！　やめてくださいませ!!　枕は相手に叩きつけるものではありませんの!!　投げるものですの!!」

バーティア、それも間違っているよ。

枕は投げるものではなく、頭の下に敷いて寝るためのものだからね？

「あ！　殿下、来てくださったんですか？　これ、なんとかしてください」

女同士の戦いにどうしていいのかわからず、部屋の隅でバーティア同様オロオロとしていたゼノが、私の存在に気付いて縋《すが》ってくる。

……男に縋《すが》られてもあまり嬉しくないんだけどな？

「楽しい……パジャマパーティーなんじゃないのかい？」

バーティアが女性同士の親睦を深めるために、よくやっているやつだろう？

……全然親睦は深められていないし、パジャマは着ていても今は昼間なんだけどね。

「殿下、状況をわかっていて言っていますよね？」

「うん、もちろん。……皆、私に隠れて楽しそうなことをやっていたんだろう？」

ニッコリと笑みを浮かべると、ゼノと彼の姉たちがビクッと体を震わせ、私のほうを見た。

春風を除いた姉たちは、このタイミングでやっと私がいることに気付いたようだ。

驚きに目を見開いた後、気まずそうに視線を逸らしている。

「いえ、あの、それは……」

口籠《くちご》るゼノに、笑顔のまま視線を向ける。

ダラダラと冷や汗を流しているけれど、そんなことはどうでもいい。

「それより……あの枕、クロも光雀も精霊の力を込めて殴り合っているよね？」

一見、ただの白と黒の枕に見えるけれど、よく見れば表面を覆っているそれは布の質感とは異なるものだ。

ついでにいえば、ぶつかる度にガキンッとかゴチッとか枕とは思えない音を立てているし、防御特化のクロの闇の力には及ばないのか、光雀の枕には少し罅《ひび》も入っている。

周囲に羽根が散乱していることから考えて、最初は普通にただの柔らかい枕をぶつけ合っていたけれど、途中でヒートアップして精霊の力で覆い始めたのだろう。

「えっと……それはまぁ……そうなんですが……。でも、ほら、お互いに力を使い合っているので、危険はないかと……」

「間で二人を止めようとしている、私の可愛い妻は生身の人間だけど？」

表面的には女性同士が喧嘩して枕で叩き合っている愛らしい光景でも、見た目以上に危険な立ち位置に、私の大切な人が立っている。

多分、クロは主《あるじ》であるバーティアに危害が及ばないように加減もしているし、よく見ればうっすらとではあるが防御の結界も張ってくれている。

でも、相手の光雀は単純に怒ってクロを攻撃しているだけだ。

癒《いや》しが主な力である光の精霊ゆえに、大きな被害は発生していないが、クロほどきちんと加減をしているわけではない。

「あの、わ、私たちもその辺はね！　ほら、ちゃんと周りを飛んで制御しているし！」

「バーティアちゃんには危害が及ばないようにしてるわよ！」

「こんなの精霊にとってはじゃれ合いと変わらないのだから、そんなに反応しなくても大丈夫よ」

私の怒りを感じ取ったのか、ゼノの姉たちも私のそばに来て、口々に言い訳を始める。

……大きな問題にならないようにと見守っていた君たちが、私のところに来てしまったら、向こうの危険度が上がることがわからないのかな？

「あ……あ……も、もう、やめてくださいませ～!!」

過熱するクロと光雀の喧嘩に、ついにバーティアが涙声になって叫ぶ。

クロがバーティアの様子に反応して、手を緩めたその瞬間。

光雀が枕を斜め上から勢いよく振り下ろし、受け止める相手がいなかったことで、勢いが付きすぎたそれがうっかり手を離れてしまう。

「あっ！」

「ティア!!」

枕が勢いよくバーティアに向かって飛んでいくのを見て、私は駆け出した。

クロも私から一瞬遅れて、慌ててバーティアを庇《かば》うように抱きつき、結界を張る。

ガキンッ!!

とっさに、腰に佩《は》いていた精霊王から借りている剣を鞘《さや》ごと手に取り、片手で振り抜いて、ギリギリのところで枕を打ち飛ばした。

ガンッ!! ……ゴトンッ。

私が打った枕は壁に当たり、わずかに壁をへこませて床に落ちた。

やはりどう考えても、枕のぶつかる音ではない。

「「「「……」」」」

黙り込むゼノの姉たち。

自分がバーティアを危険に晒してしまったことに呆然とする光雀。

慌てて、バーティアと彼女を庇《かば》うように抱きついているクロに駆け寄り、安否を確かめるゼノ。

周りを見回し、もう危険がなくなったことを確認してから、私も振り返ってバーティアに視線を向ける。

「……お、驚きましたわぁぁぁ」

ペタンッと座り込んだ状態で、なんとも気の抜けた声を出す妻の様子に、内心ホッとした。

「ティア、大丈夫？　痛いところはない？」

「大丈夫ですの!!　クロもセシル様も守ってくださいましたし」

特に怒った様子もなく、安心させるようにニコッと笑みを浮かべるバーティアに、私も微笑みかける……けれど、内心の怒りは収まったわけではないよ？

背後で私たちの様子を見てホッと息を吐いたゼノの姉たちを振り返り、スッと目を細める。

彼女たちは私の視線にビクッと体を震わせた。

そのまま、光雀にも視線を向けると、彼女も怯えたようにへたり込んで体を竦ませる。

もちろん、彼女たちだけが悪いんじゃない。

この部屋にいる全員……そう、バーティアも含めて全員が悪いのだ。

「わかっていると思うけれど、この遊びはもう禁止だよ」

私の言葉に、全員が何度も大きく頷く。

「あと、ティア。親睦を深めるのは別に構わないけれど、まだお互いにいがみ合っている状態の二人を戦わせるような関わりは、逆効果になるからやめようね。特にどんな形であれ、叩き合うのは禁止。精霊は人よりもいろんな面で力が強いんだから、人と同じようにはいかないよ。危険度も高いんだからね」

「申し訳ありませんの。もうしませんわ」

あまりにも過熱してしまい、どうしていいのかわからなくなって困り果てていたのだろう。彼女は、私が言うまでもなく反省しているようだ。

チラッと視線を向けると、光雀も自分の行いを恥じるように俯《うつむ》いている。

「ゼノ、ゼノの姉上たち。あなたたちも自分たちで止めることができないのならば、止められる人間を排除しようとするのはやめるように。……怪我をさせても責任が取れないだろう？」

ここまで危険だったのは今回だけなのかもしれないけれど、危ないものは危ない。

止め役である私に怒られるのが嫌で、隠そうと思うのならば、自分たちが保護者としてきちんと危険がないよう実力に応じた対応をしないといけないのだ。

おふざけ程度のことなら目を瞑《つぶ》ったが、今回のような状況を楽しみつつ眺めるだけで制御できないのならば、お目付け役の目から逃げるべきではない。

「で、でも……」

「だって……」

「今回はたまたま……」

「別に私たちは……」

まずさは感じていてもつい反論を口にしようとしたゼノの姉たちに視線を向け、スッと目を細める。

「……何か？」

「「「ごめんなさい～!!」」」

「おふざけも程々にしてくださいね」

「「「はい!!」」」

姉妹らしく同時に謝り、同時に返事をした彼女たちに向かって、最後にニッコリと満面の笑みを浮かべて念押しの威圧を加える。

それ以上、彼女たちは何も口にしなかった。

「……あの姉たちを黙らせるとは、さすが殿下」

ゼノが私の背後で感動していたけれど……君への説教は、闇の王の城に帰ってからたっぷりと時間を使ってするからね？

覚悟しておいて。

＊＊＊

さて、今日の確認作業で全て確認できたし、準備は整った。

あとは、光雀を直接問い質《ただ》して、真実を告げてもらえばいい。

その上で、彼女のした行為が、なぜ彼女の不調に繋がってしまったかを話し、どうすればそれを改善できるかを考えれば……いや、考えるように促《うなが》せば、私たちの役目は終わりだろう。

「早ければ、明日中に解決するから、明後日にはアルファスタに帰れるな」

翌日、光の王の城に向かった私たちは、城の玄関ですぐに別れた。

私がこの後行うことについて、一言陽獅子に報告と断りを入れておくためだ。

バーティアたちから離れ、陽獅子のいる執務室に行き、彼と話をしてきたんだけれど……これについては特筆すべきことはない。

普通に報告して、光雀にこの後話を聞くつもりだと話したら、陽獅子は、渋い顔をして「この可能性を見落としていた」と言い、私が光雀に話を聞くことについてはかなりあっさりと「そうか」と返しただけだった。

ただ、やはり陽獅子も姪の状態を改善したいという思いはあるらしく、光雀と話した結果については教えてほしいと言っていたけど。

こうして陽獅子との話を終えた私が光雀の部屋に着いた、その時だった。

「ピィイイイ!!」

ドーンッ!!　ガッシャーン!!

部屋の中から鳥のような鳴き声と共に、何か……いや、音からして多分、窓や壁だろうな、それが破壊された音があたりに響き渡る。

「っ!?　ティア!!」

ガッ……バンッ!!

一瞬、「何事だろう?」と冷静に考えかけて、音の聞こえた部屋にはバーティアもいることに思い至り、慌てて精霊王から借り受けた剣を手に扉を蹴破り、室内へ身を滑り込ませた。

サッと目を走らせた光雀の部屋は、見るも無残な有様だった。

唯一の救いは、部屋の手前側はクロがとっさに結界を張ったみたいで無事だったことだろう。

その結界の中に、驚いた表情のパーティアがいるのを発見し、目視で全身を確認して怪我をしていないことを知り、ホッとする。

そして、焦りで知らず乱れていた息を大きく吐くことで整えた。

「ピィィィ!!」

再び部屋に響く鳥の鳴き声。

同時に光雀の持つ光の力なのだろう。

ピカッと眩《まばゆ》い光が周囲を強く照らす。

……どうやら、この光自体には物を破壊する力はないようだね。

きっと壁を壊したのは……光の発生源にいる、光雀の体。巨大化した、白地に金の模様の……雀《すずめ》かな？　その体が羽ばたこうと暴れたことで、壁を壊したのだろう。

今は壁にできた大穴から外に出て、宙を飛びながらこっちを威嚇《いかく》するように鳴いたり発光したりしている。

普段の光雀の性格から考えても乱暴すぎるその行動を見るに、おそらく我を忘れているのだろう。

「面倒なことになったね」

妻の身が無事だったことでやっと一息つき、冷静さが戻ってきた脳で、周囲の状況を確認する。

室内にいた者は皆ほぼ無傷だった。

ゼノが軽く怪我したようで、左手を押さえているけれど、普通に動いているので大きなすり傷か打撲程度だろう。

これがバーティアだったら、すぐにでも治療させるけれど、ゼノならまぁいいかな？

私の視線が向けられていたことに気付いたゼノが、真剣な顔で「大丈夫です」というように頷いたから、「そうだよね」と笑顔で頷き返したら愕然《がくぜん》とされた。

え？　何？　君、まさか私に心配してもらいたかったのかい？

君を心配する役は謹《つつし》んでクロに進呈するよ。

「ティア、見た感じは大丈夫そうだけど、どこか怪我をしたりはしていない？　痛むところは？」

「わ、私は大丈夫ですわ！　とっさにクロが守ってくれましたの。でも、光雀ちゃんの一番そばにいたゼノが……」

私の問いかけに答えたバーティアが、心配そうにゼノに視線を向ける。

……ゼノ、そこで感動しているような顔をするのはやめようか？

「ゼノは大丈夫だそうだよ。クロも……怪我はしてなさそうだね」

私が声をかけると、闇の結界を張りながら警戒するように光雀を見ていたクロがこちらを振り返り、無言で親指を立てて「問題ない」とジェスチャーで答える。

「クロ、皆を守ってくれてありがとう。……ところで、光の王が護衛としてつけていた光の精霊は？」

本来ならこういう事態になった際に対応するための者だ。

クロが闇の精霊、しかも王の娘で守りに特化しているため、皆を守るという意味では彼女以上の適役はいないんだろうけれど、「向いている＝その役割を任せる」にはならない。

クロに協力してもらうにしても、護衛として雇われている以上、護衛役の精霊が率先して動く必要がある。

「あそこですわ！　光雀ちゃんを宥めようと必死に説得しているみたいですけれど……無理そうなのですわ」

バーティアが指差した方向には、光を纏《まと》ったハチドリみたいな鳥がいた。

……護衛役でついていたあの精霊、なんで人の姿をやめて、ハチドリに擬態《ぎたい》したんだろう？

飛べるから、光雀のそばには行けるけれど、体の面積的に不利にしか見えないんだけどな？

少なくとも、もしもの時に護衛対象を身を挺《てい》して守ることはできないだろう。

あの小さい体では、一緒に攻撃されて被害者が増えるだけだ。

いや、精霊ならその辺はなんとかなるのか？

「あら～、あの護衛の子。前々からおっちょこちょいだとは思っていたけれど……あの擬態《ぎたい》、守るには向いてないってことを忘れてなっちゃったのね」

春風が「やれやれ」といった雰囲気でボソリッと呟く。

そうかい。とっさに意味もなくあの擬態《ぎたい》になっちゃったんだね。

……陽獅子には後でしっかりとクレームを入れておこう。

「おい、何があった!!」

私が心に誓ったちょうどその時、当の本人が騒ぎを聞きつけて姿を現した。

……いや、今言ったりはしないよ？　事態を収拾するほうが優先だからね。

「セシルとかいったな。お前が……」

陽獅子が精霊王の剣を握った状態で室内にいた私に気付き、睨んでくる。

「誤解ですよ。私が部屋に入る直前に室内で凄い音がして、妻たちが心配で押し入ったというだけです」

「じゃあ、これは一体……」

つい先ほど、私が陽獅子に光雀から話を聞くと伝えていたため、その結果こうなったと勘違いしたようだ。

バーティアを守ろうと思って、精霊王の剣を抜いていたのも誤解される要因になったのだろう。

今の状況と陽獅子が聞いていた内容を組み合わせると、私が剣で脅して光雀に何かを吐かせようとした……という風にも見えるからね。

しかし、私が至極冷静に否定したことで、陽獅子もすぐに自分の勘違いに気付いたようだ。

「あの、ゼノは悪くありませんの！　ただクロを庇《かば》っただけですの!!」

私たちのやり取りを見ていたバーティアが慌てて声を上げる。

多分、バーティアは本当にゼノは悪くないと思ってそう言っているんだろうけど、誰の名前もあがっていない状態でいきなり「○○は悪くない！」と叫ぶと、本当はその人が悪いのに庇《かば》われている感が出るよね。

バーティアの発言により、私と陽獅子の視線が同時にゼノに向く。

ゼノは急に視線を向けられたせいか、あるいは自分の中に疚《やま》しい思いがあるからか、私たちの視線を受けてピンッと背筋を伸ばした。

「ゼノ、説明を」

一言告げると、彼はゴクリッと唾を呑み、いつもの侍従スタイルのお辞儀をしてから口を開いた。

「……ここ数日、バーティア様とクロが光雀様の部屋に来ていることで、光雀様はクロの存在に慣れたのか、怯えることは減りました。ですが、一方でクロのことを嫌ったり貶《けな》したりする言動を頻繁にしていました」

陽獅子が確認するように、私とバーティアの顔を見る。

多分、私たちに視線を向けたのは、ゼノの姉たちは一応ゼノの身内のため、公正な情報を聞けないかもしれないと思ったからだろう。

まぁ、私たちもゼノ側の人間だから、庇《かば》う可能性についてはそう大きく変わらないんだけどね。

「ゼノの言うことは確かですよ。私も何度も聞いています。まぁ、今回私たちがここに来ている理由は、そんな彼女とクロとの関係を取り持つことなので、それについて責めるつもりはありません。……常識的に考えて許容範囲内の内容であれば」

最後に一言付け加えたのは、ゼノやパーティアの様子から、おそらく光雀がその『許容範囲』を踏み越えてしまい、ゼノが叱ったのではないかと推測できたからだ。

「ゼノの言う通りですわ。私、それでなんとか光雀ちゃんのクロに対するイメージを良くしたくて頑張っていましたの。……上手くいかなかったですけれど」

私の見る限り、体質の問題で光の領域と精霊王の領域しか行くことができず、強制的に引きこもりにされている光雀にとって、毎日複数の人たち、それも友達になれそうな年代の女性が遊びに来てくれる状態は好ましいものだったと思う。

昨日なんて、少し嬉しそうな顔もしていた。

ただ、光雀にとってクロは敵であり、自分たちを騙《だま》している悪しき存在……という思い込みがあるため、そこで絆《ほだ》されてはいけないという思いが強く働いたのだろう、自分に言い聞かせるように悪口を言っていた感じがする。

まぁ、最初に感じていたクロに対する恐怖感自体は今も残っているようで、クロが近付くと体をビクッとさせるなど、無意識に反応してしまっている様子はあったけれど。

頭ではクロが悪者ではないとわかりつつも、生理的な恐怖で体は反応してしまう。

さらにこれまでの彼女の経験から、嫌な感じを受ける相手は悪者である可能性が高く、それを否定しきれない状況でクロに心を許してはいけないと思っている……という、葛藤に塗《まみ》れた、かなり混乱している状態だったのだと思う。

「それでですね、今日、バーティア様がそろそろ国に帰らないといけないかもしれないという話をしたところ、バーティア様とクロが一緒にいることについて、『そんな穢《けが》らわしい存在を自分の国に連れていくなんてどうかしている』『いっそ、ここで始末して代わりに私を連れていったほうが人間の国と精霊界の間に亀裂が入らなくていいのでは？』と、いつにも増して酷いことを言ったので……」

「……それで頭にきて、怒ってしまったと？」

ゼノの顔に怒りが滲《にじ》む。

ギュッと握り締めた手に力が籠《こも》る。

当然だ。

私だって、バーティアのことを始末したほうがいい存在だなんて言われたら、キレてしまうだろう。

きっと、子々孫々に至るまで後悔するような罰を与えるに違いない。

「……………すみません」

光雀の暴走が自分のせいであることは自覚しているのだろう。

理性的に考えれば、場を丸く収めるために謝るべきだ。

でも、あまりに酷い言葉を口にした光雀に対して、怒るのは正当な行為だという気持ちがあるようだ。

珍しく、ゼノが謝罪の言葉を口にするまでに間があり、さらにその顔には申し訳ないという思いよりも悔しさのようなもののほうが強く滲《にじ》んでいる。

……ここは私が言うべきだね。

「謝る必要はないよ。いくらクロに対して生理的な恐怖を感じたとして、何もしてない彼女に、そんなことを言うのは間違っている。そこまでのことを言いたいのならば、クロが本当に危険な存在だというちゃんとした証拠を提示すべきだ」

「それは……そう思いますが」

光雀が暴れ始めた理由を作ったゼノが、彼女の伯父の前で自己弁護するのは悪手だ。

反対に、伯父である陽獅子がゼノに対して怒りを向けるのも、ゼノに悪くないと言うのもそれぞれに微妙に角が立つ。

ゼノに怒りを向ければ、それまでの経緯があるがゆえに公平な判断ができていないと評価され、反対にゼノは悪くないと言ってそれを現在暴走中の光雀に聞かれれば、今現在明確な味方がいない彼女をさらに追い詰めてしまい、暴走が悪化する可能性があるからだ。

だから、ここは第三者の私が中立という立場で、それでもゼノが正しいという判断を下し、陽獅子が光雀を肯定こそしないものの彼女を慰《なぐさ》めるという立場を取るのが一番いいだろう。

「……すまんな」

私の配慮に気付いたのか、私にしか聞こえない程度の声で、陽獅子が気まずげにボソリと呟く。

私はそれに、軽く肩を竦める動作で、「この程度のことは問題にもならない」という意思を伝えた。

「さて、状況は把握できたね。あとは彼女を落ち着かせるだけだね」

そう言って私は、手にしていた精霊王から借りた剣を構える。

「お、おい！　あれでも俺の姪だ。手荒な真似はよせ」

私が剣を構えたことに焦ったのか、陽獅子が声を荒らげる。

「彼女を直接傷つけるつもりはないけれど、あのハチドリの擬《ぎ》態《たい》の彼のように、言葉で説得するのはもう無理だと思うよ？」

私たちがクロの結界の中で話している間も、護衛役だった光の精霊は暴走する光雀の周りを飛び回りながら何やら必死に鳴いて説得している。

「……確かに、あれでは成果は出なそうだな」

やっとそこに護衛役の精霊がいたことに気付いた陽獅子が顔を引き攣《つ》らせる。

「彼奴《きゃつ》は真面目でそれなりに腕が立っていい奴なんだが……焦った時に臨機応変に対応することがだな……」

「彼に対するクレームは後で入れるよ。その時に改めて庇《かば》えばいい。今は、そんなことよりも、暴走して我を忘れているあなたの姪をどう落ち着かせるか……だ」

自分の部下の情けなさに、思わずといった感じで言い訳を始めた陽獅子だったが、私の言葉で一旦口を閉じる。

「だが、話を聞ける状態ではないからといって……」

「他に方法が？」

「我々の使える『癒《いや》しの光』で落ち着かせるのはどうだ？」

「それは同じ光の精霊相手でも効果があるのかい？」

私の言葉に陽獅子が眉尻を下げる。

「上位者が使えば効果はなくはないが、力の強いものほど耐性があるからな。光の王である俺が使えば多少の効果はあると思うが、あいつも俺の身内だ。不安定さはあっても力はそこそこ強いから、どの程度効果があるか……」

陽獅子が悔しそうに眉間に皺《しわ》を寄せる。

「効果が少しでもあるのであれば、それもやってみればいい。手段が多ければそれだけなんとかなる可能性が高くなるからね」

「それなら、私たちも協力するわ～」

「元々私たちは、あの子の不安定な力を安定させるためにここにいるわけだからね。ここで動かないわけにはいかないのよ！」

春風と夏風がそう言うと、それに同意するように、秋風と冬風も頷く。

確かに、彼女たちはそのためにここにいるのだから、協力してもらわない手はないね。

「なら、私も……」

姉たちの発言を聞いて、同じ調和の力を持つゼノも手を挙げようとする。

「ゼノの姉上たちの助力は助かるけれど、ゼノはここで待機していて、もしもの時にティアとクロを守ってくれるかい？」

今のところ、クロの結界があれば、ある程度の守りは維持できそうだ。

でも、クロは結界にかかりきりになっているから、もしものことがあった時に対処できる者を残しておきたい。

それに……

「ゼノが悪いとは思ってないけど、彼女があぁなっている要因として考えられるクロとゼノは、距離をとっておいたほうがいいと思うよ。反対に刺激してしまうことになりかねないからね」

「……っ。……そうですね。わかりました。バーティア様のことはお任せください」

ゼノにも罪悪感はあるのだろう。

一瞬「それでも」と言いかけたけれど、それを堪えて頷いた。

うん、そこは評価するよ。

「さて、それじゃあ、彼女を落ち着かせるとしようか」

そう言って、再度剣を構え直す。

「……おい。結局剣を構えるのか？」

陽獅子がジトッと私を見る。

なんとなく雰囲気で、他の精霊たちが力を合わせて協力して光雀を落ち着かせ、私は待機みたいな感じなのかな？　とは思っていたけれど、もちろんそんなわけはない。

そうでなかったら、大切な妻をゼノに預けるわけがないだろう？

「セ、セシル様、暴力はいけませんわ!!　平和的解決が大切なんですわ!!　相手は女の子なんですのよ!!　……いいえ、違いますわね。これでは差別的ですわ。誰であっても暴力はいけませんの!!」

私たちのやり取りを見ていたバーティアが一生懸命訴える。

「仕方ないね。可愛い妻に頼まれたら、私も断れないよ。……とはいっても、さっきも言ったけれど、最初から彼女を直接攻撃する気はないよ。私がこの剣で切るのは、彼女からあふれ出している力、暴走している余分な力のみだよ」

ニッコリと笑って宣言すると、バーティアも陽獅子もキョトンとした表情になる。

「大体、ティア。君は私が精霊王からこの剣を受け取る時に、精霊王が『これで精霊を切ることはできない』って言っていたのを聞いていたよね？」

「……はっ！　確かに言っていた気がしますわ!!」

「……おい！」

私の言葉に、バーティアが一瞬記憶を探るように上を見て、その時のことを思い出したのか、声を上げる。

それを聞いて陽獅子が額に手を当て、呆れたような声を出した。

……まぁ、そういうところがバーティアっぽいよね。

「それじゃあ、行ってくるよ。暴れて怪我をする前に、力を削《そ》いで正気に戻すか、それが無理なら力の消費しすぎによる気絶を狙わないといけないからね」

「そういうことだったんですの」

「私はもう行くよ。もうゼノの姉上たちが行って頑張っているみたいだけど、効果が薄そうだしね」

長々と会話を続けるわけにもいかない。

そうしている間にも光雀は暴れ続けている。

「あっ！　セシル様!!」

私が走り出そうとしたところで、バーティアが私の服を引っ張って強引に引き留める。

……一瞬首が絞まりかけたけれど、敢えて今は言わないよ？

多分、一応シリアスな場面だからね。

「……ティア、どうしたんだい？」

「あの、あのですわね！　あそこが気になるんですの!!　あそこにある色の違っているところですわ!!」

バーティアが「気になりますわ！」「気になりますわ！」と何度も同じ方角を指差す。

指差した先には、当然光雀がいるんだけれど……飛んでいる彼女とは少し距離があるため、どのあたりのことが言いたいのか指差しだけではわからない。

「ティア、ちゃんと話を聞くから、具体的に光雀の体のどのあたりかを教えてくれるかい？」

一旦足を止めてバーティアと向き合い、彼女の話を聞く態勢になる。

「首の右側の側面ですわ！　なんだか少し色合いの違う白い羽根が一枚生えて……う〜ん、付いているのかしら？　とにかく、それが時々ボワッてなっている気がするんですの」

バーティアが光雀のほうを凝視しながら考え込む。

……どうでもいいけれど、バーティア。君、視力が良すぎないかい？

動き回っている巨大な鳥の体についている、本体と同じ白色の羽根が遠目でも見えるなんて。

私も目は悪くないけれど、さすがにバーティアに場所を指定してもらわないと見つけられなかったよ。

実際に、場所を指定されても、陽獅子とゼノは見つけられないらしく、「どこだ？」と首を傾げながら目を細めている。

「色合いの違う白い羽根……ねぇ。これはもう、私の推測が正しかったってことでいいかな？　……ティア、お手柄だよ。多分あれを取れば、万事解決になるはずだ」

「本当ですの？　さすが私ですわ!!」

私に褒められたことが嬉しかったのか、満面の笑みになったバーティアの頭を撫でる。

実際、彼女がアレを発見したのは本当にお手柄だった。

これで、余計な労力を使わずに一気にかたを付けられる。

こういう場面でのバーティアの野性の勘……直観力？　いや運の類《たぐい》なのかな？　とにかく、問題解決のキーとなるものを引き寄せる力は凄いと思う。

「それじゃあ、今度こそ行くよ。ゼノの姉上たちも、攻撃を避けながら力を行使することにかなり苦慮しているみたいだしね」

「いってらっしゃいませですわ。あっ、セシル様、これを持っていってくださいませ!!」

バーティアがハッとした表情をして、スカートの隠しポケットから何かを取り出し、私にソッと差し出す。

こういう時の王道といえば、バーティア自身が刺繍《ししゅう》したハンカチなどのお守りの類《たぐい》だよね、普通。

それなのになぜ私は、一目で女性ものとわかる扇を差し出されているのだろうか？

いや、自分で「なぜ」と言っているが、理由はわかっている。

この扇が精霊王の力が込められたものだからだ。

私がこの剣を渡された際に、バーティアもまたもしもの時に身を守れるようにと、精霊王が彼女の持っている扇に自分の力を込めてくれた。

精霊の力を暴走させている光雀の相手をする今、精霊の力に対抗できるこの扇はとても便利なのだけれど……あくまで女性ものの扇だ。

私が持つのは絵面的に……。

「セシル様、絶対に怪我をしないでくださいませ！　悪役令嬢仕様のこの扇でガンガン力を弾いて、優雅に身を守ってくださいませ!!」

「いや、ちょっと待って、ティア！」

「この扇が私の代わりにセシル様を守ってくださるはずですの。……ご武運を祈っていますわ」

バーティアが私の手に扇を握らせ、その上から両手でギュッと私の手ごと扇を握り締めて、私の無事を祈るかのように目を瞑《つぶ》る。

……これはもう断れないやつだね。

ゼノ、笑いが堪え切れなそうだからって顔を背けるのはやめようか？

そして、陽獅子、遠慮なく爆笑するとはいい度胸だね。わかったよ。覚悟はできているってことでいいね？

「ありがとう、ティア。――じゃあ行こうか、陽獅子。……もちろん、寛大な光の王は飛べない私の足役をやってくれるんだよね？」

表面上は笑顔でお礼を言い、心の中では渋々扇の返却を諦める。

ただ、腹いせ代わりに、お腹まで抱えて爆笑している陽獅子に向かって、私の前の床を指し示す。

それが意味するのは、「さっさと獣バージョンの擬態《ぎたい》をし、私の前に伏せて私を乗せる体勢になれ」だ。

「……おい。俺に何をさせる気だ？」

爆笑していた陽獅子が私の言葉の真意を悟り、ムスッとした表情になる。

「こうしている間にも、君の姪は細かな怪我をしているよ？　早く解決したほうがいいんじゃないかい？」

「いや、それはそうだが。俺にも光の王としてのプライドがな……」

「プライドが傷つかないように、なるべくさっさと終わらせて、目撃者が増えないようにしたらいいと思うよ。……お互いにね」

私が扇を使うところを見て笑う気だったのかもしれないけれど、ここは道連れにさせてもらおう。

「いや、はじめからやらなければ……いや、わかった。わかったから、その笑顔はやめてくれ！

普通に怖いからな‼」

なんとか断ろうとする陽獅子に、笑顔でプレッシャーをかけると、あっという間に折れた。

王としてのプライドは意外と簡単に折れるものだったみたいで良かったね。

陽獅子が眉間に深い皺《しわ》を寄せて、いかにも不承不承という感じで動物の姿に擬態《ぎたい》する。

予想はしていたが、彼の動物バージョンの擬態《ぎたい》は黄金に輝く大きな獅子だった。

「他の奴らが見ないうちに、さっさと済ませるぞ!!」

黄金の獅子から発せられる低い男性の声。

どうやら、陽獅子はクロと違い、動物の姿でも言葉を発することができるらしい。

……いや、クロは人間の姿でも喋《しゃべ》らないから、本来精霊は動物の姿でも喋《しゃべ》れるものなのかな？

「それじゃあ、行きましょうか」

陽獅子の背中に片手をついて、ヒラリッとその背に跨《また》がる。

「セシル様、格好いいですわ!!」

「……ありがとう？」

目をキラキラとさせてこちらを見てくるバーティアに、思わず苦笑する。

格好いいと言ってもらえるのは嬉しいけれど、私も陽獅子も今の姿には不満があるのだ。

「行くぞ！」

「うん、よろしく頼むね」

バーティアの視線に耐えかねたように、陽獅子がダッと駆け出す。

「落ちるなよ！」

「乗馬は比較的得意なんだ」

「俺は馬じゃない!!」

短いやり取りの後、陽獅子がグッと体に力を入れて、地面を蹴る。

黄金の毛並みがわずかに発光すると同時に、彼は空中を走り始めた。

……なるほど。空を飛ぶ……走るってこんな感じなんだね。

地面より揺れや衝撃が少なくて、楽でいいかもしれない。

「で、どこに行けばいいんだ？」

「元々は彼女の体からあふれ出している力を適当に切り離していくつもりだったんだけど、ティアがいいことを教えてくれたからね。狙いは一つ。彼女の首だよ」

「おい！　本当に物理的には攻撃しないんだろうな⁉」

私の言葉に、陽獅子が獅子姿にもかかわらず、器用に目を見開く。

まったく、さっきの話だって聞いていたはずなのに、信用がないなぁ。

「もちろん大丈夫だよ。つべこべ言っていないで、さっさと行ってくれるかい？」

不規則に発せられる光雀の光の力。

不本意ではあるけれど、それを弾くようにバーティアの扇をバッと振る。

……見た目はともかく、効果は抜群なんだよね。

これを使うのがバーティアだったのなら、見栄えも完璧だったんだろうな。

そんなことを考えていると、今度は光雀から発せられる光の筋のような力を避けるように、陽獅子がジグザグに走る。そして、光の力の放出が止まった隙に、グッと体に力を入れ、一気に加速した。

「目的の場所に着くぞ！」

「ああ。……あった。あそこの色の違う羽根のところに行って。すれ違いざまに切り落とすから！」

「ちゃんと、羽根を切れよ⁉　うちの姪の首を切るなよ⁉」

「心配性だな。この精霊王の剣は精霊の力は切れても、精霊自身は切れない仕様になっているから、万に一つの失敗もないよ。もし失敗して彼女を傷つけたら……精霊王に文句を言ってくれるかい？」

「お前が責任を取るんじゃないのかよ‼」

ぶつくさ文句を言いつつも、陽獅子は頼んだことをきっちりこなしてくれる。

虚《うつ》ろな目で身を捩《よじ》ったり急上昇急降下したり、旋回《せんかい》したり……というように縦横無尽に飛び回っては、力を放出している光雀。

その右側にピッタリとつけて並走を始めた陽獅子。

「チッ。これ以上近付くとぶつかっちまうな。届くか？」

光雀が暴れながらもの凄い勢いで飛んでいるため、陽獅子の背中からだと、どうしても少し距離ができてしまう。

ここでもいけそうな気はするけれど、もっと確実に安全にやりたいな。

「面倒だね。ちょっと君の背中から飛ぶから、下でキャッチしてくれるかい？」

「おいっ、ちょっと待て‼　あぶなっ‼」

素早く陽獅子の背の上に立ち、そのままタイミングを見て彼の背を蹴り、光雀に向かって飛ぶ。

背後で陽獅子の慌てたような声が聞こえたけれど、さっき見た彼の速度から考えれば、この後、下のほうで私をキャッチすることも問題なくできるだろう。

「……それだね」

すぐ目の前に見える、光雀の白い羽毛とはわずかに違う白さの羽根。

その羽根に向かってサッと剣を滑らせると、それはいとも簡単に切り落とされヒラヒラと落ちていく。

そして重力にのっとり落ちていく私の体。

途中、ちょうど目の前に切り落とした羽根があったから、それをギュッと握り締める。

「……やっぱり、君だったね。ピーちゃん」

手の中にある見覚えのある色の羽根。

自分の推測が正しかったことに満足し、ニッと口の端を上げると同時に、体の下に黄金色が見えた。

身構え、衝撃を適度に逃がしながら、それに跨《また》がる。

落下の感覚がなくなったのを確認した後、上を見上げると、気を失い、白い巨大な雀《すずめ》の姿から人の姿の擬態《ぎたい》に戻った光雀を、ゼノの姉たちが受け止めているところだった。

「……良かった。ゼノの姉上たちが受け止めてくれなかったら、どうしようかと思っていたんだ。

私は妻以外腕に抱く気がないからね」

「……お前、嫁さん以外は結構どうでもいいと思ってないか？」

その問いに、無言で笑みを返した。

七　パーティア、アルファスタに帰宅。

暴走し、力を使いすぎてしまった光雀はその日一日目覚めなかった。

けれど、自分の属性である光の力があふれる光の領域にいたこともあり、翌日にはすっかり回復していた。

ただ、念のため、その日も彼女はベッドの上で過ごすことになったみたいだけど。

「どういうことなの？　力が安定しているわ。それに闇の精霊……クロ様に感じていた恐怖も、ゼノ様に感じていた温かく包み込まれるような懐かしい不思議な感覚もなくなっているわ」

無事に目的を果たしたため、最後に光雀の様子だけ見て帰ろうということになった私たち。

彼女が目覚め、体調も悪くないことを確認した後、すべての帰り支度を済ませた上で、彼女のもとを訪れた。

ちなみに、帰ることを告げた途端、戴豆がクロをヒシッと抱き締めて離すのを嫌がったけれど、闇狐に諭《さと》されて渋々了承していた。

クロの実家を出る時も、凄く寂しそうにしていたけれど……実はこの後、ゼノの実家で待ち合わせをして、顔合わせのパーティーを仕切り直すことになっている。

今日は、そのパーティーに参加した後、そのままアルファスタに帰る予定だ。

「君のクロやゼノに対する感情も、君の力が急に不安定になったのも、原因はこれだよ」

ベッドの上で困惑している光雀に、瓶に入った白い羽根を見せた。

「それは……羽根？　鳥……違うわね。私と同じ光の上位精霊の羽根だわ。それが一体どうしたというの？」

「ご説明いたしますわ!!　それはですわね!!　それは……それはどういうことなんですの？　セシル様」

クロを膝に乗せてベッド脇の椅子に座っていたバーティアが意気揚々《いきようよう》と説明をしようとして……わからずにこちらを振り向く。

昨日は色々あって疲れていたのか、クロの実家に帰ってご飯やお風呂などをすべて済ませたら、バーティアはあっという間に寝てしまった。

疲れている彼女に長々と説明するのも可哀想だと思った私は、彼女が聞いてこないのをいいことに、ここまで説明をせずにいた。

……同じ説明を二度するよりも効率的だからね。

「ティア、これはピーちゃんの羽根……力を使い果たして消えてしまった彼の力の残骸だよ」

「え!?」

バーティアが驚きの声を上げ、私が手にしている羽根を凝視する。

バーティアを悪役令嬢とする『乙女ゲーム』の断罪シーン。

その舞台となるはずだった、私が卒業する年の卒業パーティー。

バーティアのことを好きになっていた私は、当然彼女が私に話して聞かせたような『乙女ゲーム』のシナリオ通りの未来は望んでいなかったから、それを滅茶苦茶にした。

具体的に言うと、本来バーティアが断罪されるはずの場面で、代わりにプロポーズをしたのだ。

それに異議を唱えたのが、バーティアと同じ世界の前世の記憶を持ち、『乙女ゲーム』のヒロイン役に転生していたヒローニア・インデロン男爵令嬢。

シナリオ通りになんてまったくいっていないのに、上手くいっていると思い込んでいた彼女は、ありもしないバーティアの悪事を訴え、結局自分の身を滅ぼすことになったんだけれど……彼女の唯一の親友である光の上位精霊——ピーちゃんは彼女を守るために、自分の持つ力のすべてを使って、未来を捻じ曲げようとした。

私にもバーティアにも、ピーちゃんよりも力の強い上位精霊がいたため、当然そんなことは上手くいかず、ピーちゃんは最後までヒローニア男爵令嬢を心配しつつも、自分たちの過《あやま》ちを反省して消えていった。

精霊は、個人としての意識は消えても、その力自体は消えず世界の一部に戻る。

散っていく彼の意識……いわゆる魂のようなものをゼノに頼み一部を留め置いて、すべての記憶は戻らなくても、光の精霊としての力が戻れば、再び復活できるよう、そのピーちゃんの欠片ともいうべきものを、彼が守りたかった唯一の存在に与えた。

そして、彼の復活を願うのならば、過酷な環境下だが光の力が強い場所にある修道院を選ぶようにとヒローニア男爵令嬢に告げたのだ。彼女は唯一の友人であるピーちゃんの復活を祈り、その修道院に入ることを選択した。

これらが、昨年あった出来事だ。

「こ、これがピーちゃんの……ですの？　え？　これがなんで光雀ちゃんの首についていたんですの⁉」

察しの悪いバーティアは、光雀の首に付いていた羽根がピーちゃんのものであると知っても、状況が把握できないようだ。

いや、確かにこんな偶然があるんだろうか？　というほど、偶然に偶然が重なったゆえに起こったことだから、無意識に「そんな都合のいい話、あるわけがない」と思い込んでいるのかもしれない。

「ねぇ、光雀。君は、安定しつつあった力が不安定になる前、一度行方がわからなくなったことがあっただろう？」

私の問いかけに、疾《やま》しい気持ちがあるのだろう、光雀がビクッと体を震わせた。

けれど、私の確信している口調に、俯《うつむ》いたまま渋々と頷く。

「部屋で昼寝をすると言って一人になったはずなのに、使用人が見に行ったら部屋にはおらず、捜したら庭で日向ぼっこをしながら寝ていた――そういう話になっているみたいだけれど……君、本当は昼寝なんかせずに、部屋を抜け出して、人間の世界に行っていたね？」

「……っ」

彼女がギュッと体を縮こまらせる。

まるで、悪戯《いたずら》がバレて怒られると思い身構えている子のようだ。

いや、きっとまさにその通りなのだろう。

「わ、私……」

怒られると思ってか、光雀の目にうっすらと涙が浮かぶ。

「別に私は君の保護者じゃないし、怒る気はないよ。まぁ、君の親や伯父はどうかわからないけれどね」

正直、私にとってはどうでもいいことだ。

バーティアが彼女のことを気にかけるから、私も協力する。

ただそれだけのことだしね。

「君が答えないのならば、私の推測を話すことにしよう。私たちはこの後、ゼノとクロの伴侶としてのお披露目と親族の顔合わせのパーティーに出て、その足で国に帰らないといけないからね」

「……あっ」

『国に帰る』という言葉に反応して、光雀の瞳が寂しげに揺らぎ、バーティアとクロに視線が向けられる。

ここでゼノを見ない上に、バーティアだけでなくクロにも寂しげな視線を向けているあたり、彼女の身を蝕《むしば》んでいた呪縛のようなものは本当に解けたのだろう。

それを見て、ゼノは苦笑しつつもどこか嬉しそうな表情を浮かべ、クロは「しょうがないわね」とでも言いたげな様子で尻尾を左右に二度ほど振った。

きっと彼女なりの、「今までのことは水に流してあげる」という意味なのだろう。

……光雀に伝わっているかはわからないけれど。

「まず、君にあった出来事について私の推測を話す前に、私たちの身に起きた出来事について説明しよう」

私が説明を続ける素振りを見せると、光雀は私に視線を戻し、首を傾げる。

光雀の身に起きたことについて話しているはずの私が、なぜか自分たちのことについて語ると宣言したからだろう。

とはいえ、彼女にはピーちゃんについてある程度説明しないといけない。

もちろん、『乙女ゲーム』云々についての説明は省くつもりだけれど、彼がしたこと、しようとしたこと、そして彼の身に起きたことについては説明する必要があるだろう。

なぜなら、単純に彼が消えたことだけを伝えると、誤解が生まれる可能性があるからだ。

たとえば、私たちが不当に光の精霊を攻撃して消した……とかそういうね。

そんな思いから、私はところどころ端折《はしょ》りながらも、必要最低限の内容を選択して彼女にピーちゃんの最期について語って聞かせた。

「そうですか。光の上位精霊が、契約者の身勝手な願いを叶えるために、あなたたちを攻撃して、身を削り消えてしまった……そういうことなんですね」

はじめはピーちゃんとヒローニア男爵令嬢の身勝手な行動に腹を立てていた光雀だが、最後はピーちゃんの消滅を悼《いた》むように、悲しそうな目をしていた。

「お話はわかりました。でも、それが一体私とどう繋がってくるんでしょうか？」

ピーちゃんの話でしんみりとしつつも、それだけで話を終えるわけにはいかない。

これで終わってしまったら、ただ悲しい物語を語っただけになってしまうからね。

「君の体からこの羽根……ピーちゃんの力の欠片が見つかった。ここから推測されることは一つだけだよ。君がここを抜け出して人間の世界……アルファスタに来た時と、さっき話した出来事が起きた時がちょうど重なった。そして、何も知らずに人間の世界を見ていた君の体に、砕け散ったばかりでまだ原型を保っていたピーちゃんの魂——記憶を保持した力が付着してしまったんだ」

私の言葉に、何か思い当たることがあったのだろう。

光雀がハッとした表情で、私の手の中にあるピーちゃんの羽根を見た。

「君は元々、他の精霊の影響を受けやすい体質だからね。他の精霊から自然と放出される力どころか、その精霊の根源とも言える力を直接受けてしまったことで、一気に調子を崩したんだと思うよ」

自然と放出された程度の力でも影響を受ける可能性があるため、光の力が優位な光の領域から出られなかったのだ。いくら同属性の精霊の力とはいえ、塊で体にくっつけることになったら、その影響はいかほどのものだろう。

しかも、塊でついているせいで、長期間にわたって持続的に影響を受けるはめになってしまった。

彼女の不調の原因は、まさにこれだ。

「では、私がゼノ様やクロ様に感じていた感情は……」

なんとなく思い至るものがあるのか、少し気まずそうな顔をしつつも私に確認してくる。

「ゼノはピーちゃんが消えかけた時に、自分の力で包み込んで守ったからね。多分、その記憶が残っていたんだと思うよ。クロに関しては、ピーちゃんが私たちを攻撃してきた時に結界で守ってくれた。その結界に無理矢理押し入ろうとしたことで、ピーちゃんは傷つき消えることになった。だから、自分を消す存在としての恐怖が残っていたんだろうね」

光雀についていたそれは、ピーちゃんの欠片とはいっても、完璧なものではない。

自分が傷つき消える可能性があるとわかっていても、ヒローニア男爵令嬢を守りたくてクロの結界に突っ込んでいったピーちゃん。その勇気と信念の部分の記憶が消えていれば、残るのは消えることへの恐怖だけだろう。

記憶も感情も、どれか一つでも消えれば同じ行動をするかはわからない。

そういうものだと私は思う。

「この白い羽根――ピーちゃんの欠片を取ったことで、君は今、彼の影響を受けていない状態になっているはずだ。……クロやゼノを見てどう思う？」

ゼノは普段通りの変わらない穏やかな表情で、クロはキョトンとした様子で首を傾げている。

クロの耳がわずかだけど震えているから、隠しているだけで、本当は少し緊張しているのかもしれない。

「ゼノ様は優しそうな方だなと思いますけど、今までのような強い思いは……」

気まずそうな表情で告げた後、申し訳なさそうにゼノに微笑みかける。

伴侶になりたいと言っていたのに、もう強い思いはないと言ってしまうことに罪悪感を抱いているようだけれど、それは無用だよ。

既にクロという伴侶がいるゼノにとって、横恋慕は困るものだからね。

だからこそ、彼は少しホッとした表情を浮かべている。

「クロ様については……今まで私の勘違いで大変失礼なことを言ってしまい申し訳ないと思っています。あと……許されることではないのはわかっていますが、それでももし少しでも可能性があるのであれば、バーティア様とクロ様、お二人に……お友達になってほしいです」

最初は心底申し訳なさそうに。

最後は不安と気恥ずかしさに切実さを滲《にじ》ませて、呟くように告げる。

「まぁ！　もちろんですわ!!　私、光雀ちゃんとは仲良くなりたかったんですの！　だからこそ、余計に私の大切な存在であるクロのことも好きになってほしかったんですわ!!」

バーティアがまるで花が咲いたような明るい笑みで、嬉しそうな声を上げる。

クロは……パタパタと尻尾を振った後、バーティアの膝から降りた。そして、自分のしたことを反省し、許されないと言ってしょんぼりしている光雀の頭をよしよしと撫でてあげる。

「バ、バーティア様。クロ様!!」

光雀の目に感動と喜びの涙が浮かぶ。

「ねぇ、光雀ちゃん。クロは可愛いし優しくていい子ですわよね？」

「はい。はい！　もちろんです!!」

バーティアの問いかけに、光雀は満面の笑みで大きく何度も頷いた。

クロは少し恥ずかしそうにしていたけれど、光雀が自分のことを好いてくれたことを喜んでいるようだった。

＊＊＊

「折角お友達になれたのに……」と寂しがり、残念がる光雀にバーティアとクロも別れを惜しむ。

けれども後に続く顔合わせのパーティーを中止するわけにもいかず、三人は別れた。

最後には、光雀がなんの問題もなく人間の世界に来られるようになったら、遊びに来てもらうという約束をしていた。

私とゼノはどうだったかって？

もちろん、完全に蚊帳《かや》の外だったよ。

キャッキャッと楽しみ、別れを惜しむ女性陣をただ眺めて時間が過ぎるのを待つだけだった。

でも、私もゼノも妻が嬉しそうなことに幸せを感じるから、その時間は別に苦痛ではなかった。


「ゼノ！　クロ！　おめでとうなのですわ～!!　カンパーイですわ!!」

ゼノの実家での顔合わせパーティー。

当初予定していたメンバーが全員揃ったところで、バーティアが乾杯の音頭を取った。

最初は私に音頭を取るように振られたんだけど、嵐鳥が「もっと明るい感じで始めたいから、バーティアちゃんのほうがいいわ～」と言い出し、それに闇狐も「妾もそう思うぞよ」と小声で同意したため、バーティアにお鉢が回ったのだ。

私は別にやりたかったわけではないからいいんだけど、あまりにもはっきりバーティアのほうがいいというのは失礼なことだと思うんだよね。

あと闇狐は、嵐鳥と仲良くなりたくて、会話のきっかけにするために同意していた感がある。

もちろん闇狐も、娘の門出を、娘が大好きな契約者の音頭で始めたいという思いがあったのだと思うけれど。

精霊界では、私は王族ではない。

だから、人間の世界では大国の王太子として周りが接してくるけれど、ここでは雑な対応をされることが多い気がする。

立場と感性の違いだとわかっているから、とやかく言うつもりはない。

ただ、少し新鮮な感じを受けただけだ。

……まぁ、最近、私の側近やバーティアの友人たちが私に対応する時も、昔に比べてかなり態度が軽くなってきているから、いつかは彼らともこんな風に軽口を言い合える関係になる気がするけど。

王族としては問題だけど、彼らはとても優秀でその場に応じた態度の使い分けもきっちりできるから、そのへんは大目に見ようと思う。

いや。多分、私はそれを「面白そうだ」と感じ、少し楽しみにしているのだと思う。

昔の自分なら考えられない発想だが、これはきっと私が常にバーティアの影響を受けている、その結果なんだろう。

「色々あったけれど、最終的に丸く収まって良かったな」

このパーティーが終わったら国に帰るため、お酒は口にせず、他のものを飲んだり食べたりしながら、姉たちに囲まれてからかわれるゼノ。

娘を嫁にやるような気分になったのか、戴豆と一緒にクロとの思い出を語り、目を潤ませているバーティア。

自分の周りを嬉しそうにブンブンと飛び回る嵐鳥に戸惑いつつも、なんとかコミュニケーションを取ろうと頑張っている闇狐。

ちょっと混沌としている感はあるものの、皆幸せそうと認識して問題ないであろうその光景を眺める。

「今回は、色々と迷惑をかけて悪かったね」

しばらく一人で会場の様子を観察していると、不意に縁が声をかけてきた。

「いいえ……とは言いませんよ。貸しにしておきます」

「君は本当にはっきり言うな。まぁ、王族という立場上、そういう交渉術が必要になるんだろうけれど」

冗談めかして言った言葉に、縁は苦笑いを浮かべる。

冗談っぽく言っていても、本気であることに気付いているのだろう。

でも、仕方ないよね。

もう既に彼には協力してほしいことがあるから。

そのためにも、「気にしなくていい」なんて言葉は口にできない。

使えるものはなんでも使うのが私の主義だからね。

「大丈夫ですよ。すぐに貸しを返す機会は巡ってくるので」

「その口ぶりだと、もう何で返させるかは決めているんだろう？」

さっさと言えと促《うなが》すように、私にチラッと視線を向けてくる縁。

安請け合いはしないが、話を聞く姿勢を見せるというのはなかなか好感度が高い反応だね。

「たいしたことではありません。妻が今度我が国でやりたい行事があるみたいなんですよ」

「行事？」

予想外の内容だったようで、縁が不思議そうな顔をする。

「『ハロウィン』というお祭りで、仮装をして楽しむものみたいですよ。元々の祭りの趣旨とは少々異なるんですが、この『仮装して楽しむ』という部分を上手く使って、精霊界との交流のイベントにできればと思っています」

本来の祭りでは、先祖の霊と共に『悪いもの』が降りてくるから、仲間と思わせたり脅したりして悪戯《いたずら》を阻止するために仮装する、ということは敢えて伝えない。

アルファスタ式に改良して新しい行事として行うつもりだが、元々の仮装の趣旨が『悪いもの』への対策だったと知らせるのは、相手の気分を害するおそれがあるからね。

「交流とは？　今は精霊の存在を一部の人間以外に知らせないことで我々を守る形を取っていると聞いている。それと相反するのではないかい？」

縁が訝《いぶか》しげな顔をする。

それに対しては、私は敢えて笑みを返した。

「もちろん、そこは今まで通り伏せておきます。あくまで、精霊は伝説上の存在という扱いにしようかと。その上で、収穫祭と合わせて、自然の恵みを与えてくれる精霊様に感謝する日という設定にしようかと思っています」

「なるほど。あくまで御伽噺《おとぎばなし》レベルの話としておいて、信仰を基に祭りを開催するのか。それなら、人間の世界に住む精霊が危険に晒される可能性も少なそうだね」

私の説明に納得して、縁は少し表情を緩める。

「それで、仮装というのは？」

「感謝する対象である精霊様の姿を真似て、恩恵を受ける……という感じにしようかな？　と。そうすることで、我が国の国民……最初は首都のみで行うつもりですが……民が精霊のような格好をすることで本物の精霊がまざってもわからないようにしようかと」

「仮装した国民に我々を紛れさせて、観光をさせてくれるということか？」

縁の視線が、嵐鳥と話している闇狐にチラッと向けられる。

比較的祭しのいい彼は、今の話だけで私が……私の妻が何をしたいのかを理解したのだろう。

「もちろん、祭りの際は警備も増やします。事情を知っている者たちを中心に、しっかりと歓待をさせていただこうと考えてもいます。……こういった形での交流なら、皆さんも、我々も楽しめるかと思いまして」

すべての説明……意図的に省いたところを除いてすべてを話し終えると、縁は少し思案するような顔になる。

「それで私に何を望むんだい？」

「もう少ししっかりと話を詰めることが必要なのは理解していますが……まずは精霊王に検討の余地があると思わせていただきたい。交渉するにしても、日頃、関わりが乏《とぼ》しい私たちよりもあなたを通したほうが我々の意図も伝わりやすいと思いまして」

「それでも駄目だった時は？」

「諦めて別の道を探しますよ」

その後も、王弟としての顔になった縁が色々な質問をしてくる。それに一つずつ答えていった。

最終的に、縁は「話だけは通すけど、後は君次第だよ？」と了承してくれた。

これでひとまず、バーティアの願いを叶えるための第一歩は踏み出せたようだ。

「ああ、そうだ。君が突然交渉なんて始めるから、本来話そうと思っていた内容から逸脱してしまったじゃないか」

苦笑いしながら、「これが本題」と言って縁はポケットから二センチほどの綺麗な石がはまったシンプルなデザインのネックレスを取り出し、私に渡した。

「これは……」

一見ただのネックレスに見えるけれど、このタイミングで縁が私に渡すもの……と考えた時に、すぐに思いつくものがあった。

　きっとこれがそれだ。

「兄上からの伝言だよ。『君たちの言っていた通りだった。これは君たちから本人に返してやってくれ。申し訳なかったと伝えてほしい』とのことだよ」

「あぁ、やはりそうだったんですね。ここ最近、こういった案件は報告が上がってきてなかったんで、私も妻が気付くまではわかりませんでしたよ」

「こちらでも、この件については厳しく取り締まっているからね。その目を掻い潜《くぐ》っての犯行だったみたいだけど、まだこんなことをする馬鹿がいるのかと、私も話を聞いた時には呆れてしまったよ」

　うんざりした様子で深い溜息をつく縁。

　私たちが光雀にかかりきりになっている間、多分縁はこちらの件で動いてくれていたんじゃないかな？

　大変だっただろうけれど、どちらも精霊側に非があることだから、精霊側が頑張って動くのは当然だと思うことにしておく。

「この件については、妻に相談した後、本人に判断を任せます」

「確かに、長期間アレがつけていたせいで少し混ざってしまっているし、本人に聞いてみたほうがいいね」

縁が申し訳なさそうに眉尻を下げて告げる。

これについては、明らかに個人の犯行だから、縁が極端に責任を感じる必要はない。

もちろん、自分の国の住民が他国の人間に対してしてしまったことだから、国を束ねる者として責任は取らないといけないかもしれないけれど、それだって負うべきは縁ではなく、精霊王だしね。

「わかりました。そのことも含めて、話してみます」

こうして、楽しいパーティーを最後に、私たちの初精霊界訪問は終わりを迎えた。

＊＊＊

「疲れましたわぁぁぁ！　旅行も楽しいですけれど、やっぱりお家が一番ですわ‼」

アルファスタの城にある私たちの部屋に着いた途端、バーティアは勢いよくソファーへダイブした。

いつも元気でニコニコしているバーティアだが、今回はさすがに疲れたらしく、パーティーの時も「何か胃もたれしている感じがしますの」と言って、いつもほどの量は食べられず、何度か口を押さえるような仕草を見せていた。

領域間や精霊界と人間の世界を行き来する際にも気持ち悪そうにしていたし、少々気になるね。

私の予感が確かなら、実は今の状態もまずいと思う。

「ティア、最近よく吐き気に駆られたり気持ち悪くなったりするみたいだし、そんな風に勢いよく暴れてはいけないよ」

私たちの部屋のソファーは特に柔らかく座り心地のいいものにしてあるから、強くは言わないけれど、暴れることは推奨できない。

とても心配だからね。

「時々不意に気持ち悪くなるだけで、今は大丈夫ですわ！」

「それでも……いや、だからこそ、駄目だよ。体を大切にしないとね」

「今日のセシル様は心配しすぎですの！」

「君が心配しなさすぎなんだよ」

なんとなく勘づいている人間とまったく勘づいていない人間。

それだけで、こんなにも差が出るなんて……

「ティア、アルファスタに戻ってきたんだし、後でしっかりとお医者さんに診《み》てもらおうね。もちろん、女医を付けるから」

「気にしすぎな気もしますけれど……わかりましたわ！　セシル様がそれで安心してくださるのであれば、そうしますわ」

笑顔でいい子の返事をしてくれたバーティアに、内心ホッと息を吐く。

この手の話は本人がまったく気付いていない時に「もしかして？」程度の思いで口にするのはな

んとなく気まずいのだ。

もし、誰かが本人に伝えるのならば、やはり医者が適任だろう。

何より、私も事実を知りたいしね。

「でも、お医者様の件は明日にしますわ！　セシル様も帰ってから話があると仰《おっしゃ》ってましたし、私も疲れましたの。お医者様に診《み》てもらうよりも先に休みたいですわ」

疲労からか、いつもより心なしか元気がないバーティア。

まぁ、確かに私ですら疲れたのだから、いつも元気なバーティアだって疲れてもおかしくはない。

「それじゃあ、手早く二つの話をしよう」

「わかりましたわ」

元気よく答えた彼女は寝そべっていたソファーから体を起こし、しっかりと座って話を聞く体勢になった。

そんな彼女を前に、私はピーちゃんの羽根が入った瓶と、縁から受け取ったネックレスを見せた。

そして、ピーちゃんの羽根が入っている瓶を軽く持ち上げて口を開く。

「まず一つ目だけど……これ、もういらないから捨ててしまっていいよね？　ゼノに頼めば処理してくれるみたいだし」

「駄目ですわ!!」

即答だった。

もうこれは不要だから捨ててしまえばいいと思ったんだけど、勝手にやるとバーティアに何か言われそうだと思い一応確認したら、思った通りだった。

私としては捨てないにしてもひと手間かかる程度のことだが、そもそもどうでもいいと思っているため、正直面倒くさい。

「それはピーちゃんの欠片なのですわ!! ピーちゃん復活を目指すヒロインにとっての必須アイテムに違いありませんの！ これを手にしたことをきっかけに、ヒロイン……ヒローニア様が旅に出て、ピーちゃんの欠片を探す冒険が始まるのですわ!!」

目をキラキラと輝かせながら、頭の中に広がったストーリーを語るバーティア。

でも残念だね。

ヒローニア元男爵令嬢は、あくまで罰として修道院に入っているのだから、冒険はおろか旅の一つもできない状態だよ。

まぁ、それを言ったら「ヒロインなのにとんでもない！」と言って、バーティアがなんとかしようとし始めるだろうから、口にはしないけど。

でも、バーティアが「これを捨ててはいけない」「ヒロインの必須アイテム」と言っている以上は、簡単に捨てるわけにはいかないね。

これがヒローニア元男爵令嬢に渡ったところで私たちが困ることにはならない。

バーティアの名前で送れば感謝すらされるかもしれない。

……仕方ない。送る手間はかかるが、妻の思う通りにすることにしよう。

「わかったよ。じゃあ、これはヒローニア元男爵令嬢に送っておくね」

「感謝しますわ!!」

嬉しそうに笑っているバーティアに苦笑しつつ、次の話に進むため、今度はネックレスのほうを軽く持ち上げる。

「これについてなんだけど……」

「初めて見るネックレスですわ。どうしましたの？　はっ！　まさか愛人ができたとか……」

「もちろんそんなことはないよ。そうじゃなくて、これはミルマの存在感の薄さに関するものなんだ」

「ミルマの存在感の薄さに関するもの……ですの？　あれはミルマの特技で個性なんじゃありませんの？」

急にミルマの話が出たことで、バーティアは話の筋がわからず、やや困惑している様子だった。

ミルマはバーティア付きの侍女で、仕事にもまじめに取り組んでいるんだけれど、不思議なほど存在感が薄い。その存在感の薄さゆえに、そこにいることすら気付いてもらえなかったり、存在を忘れられてしまうことなんかもあり、少しコンプレックスになっているらしい。

困惑気味のバーティアに、私も少し真剣な表情になる。

これからバーティアへ、そしてその後ミルマにする話は、ミルマという人間の人生を狂わせているある事件についてのものだから。

「個性や特技と捉えられるところは、バーティアのとてもいいところだよね。もちろん、そういう見方でミルマを見てあげるほうがいいとは思うけれど、これから話すのはもっと根本的な話なんだよ」

「どういう意味なんですの？」

「今のミルマの存在感の薄さが生まれ持ったものであれば、その個性を活かして仕事を頑張っている彼女を単純に評価すればいい。けれど、どうやらそうではないらしいんだ」

バーティアが少し驚いたように目を開く。

「精霊界に着いた時に会ったネズミの精霊を覚えているかい？」

「もちろんですわ！　全然似てないのにミルマに似ている気がしたあの精霊さんのことですわよね？」

「ああ、そうだよ。君があの時そう言ってくれたことで、今回私たちが知らない間に、精霊と人間との間に、ある事件が起こっていたことが発覚したんだ」

「事件とはただならないですわね」

いつもなら、「この名探偵バーティアが解いてさしあげますわ！」とか言って謎解きを楽しみそうなバーティアだけど、私の真面目な空気が伝わったのか、今回は珍しく大人しい。

「チェンジリング。妖精の取り替え子という話を聞いたことがあるかい？」

「ファンタジー世界の嗜《たしな》みですわね！」

「……多分違うと思うけれど、話を続けるね」

……どうやら、バーティアは真面目に話していても、やはり時々変なことを言うらしい。

うん。知っていたよ。

「簡単に言うと、妖精が人間の子供を連れ去り、代わりに妖精などの子供を置いていって取り替えてしまうことなんだ。実はこれは昔、実際にあったことだ」

そうして私はバーティアに説明をした。

アルファスタ国に昔あった、妖精の取り替え子の多くは、妖精ではなく精霊の仕業だったこと。

精霊というものは、認識されることで自分の力を高めることができるらしい。

弱い精霊が司るものはあまり人々が意識しないものが多く、反対に強い精霊が司るものは人々が強く意識するものが多い。

これは名前を知っているとかそういう意味だけでなく、『そこにある』とどんな形であれ認識している人が増えれば増えるほど、精霊たちは力を増す。

今回の精霊界訪問で会った王たちが司るものも、実際人々にとても身近で意識しやすいものだった。

「精霊たちの中の一部の悪い者が自分の力を高める……自分や自分の子供の存在をより意識してもらうために、人間の子供と、自分や自分の子供を取り替えてしまう事件が頻発したんだ。精霊たちの司るもの、特に意識されにくいものはそこにあっても気付かれないけれど、人間は違う。そこにいればいたと認識されるし、気付かれなかったとしても声を上げるだけで気付いてもらえる。弱い精霊にとってそれは奪い取りたいほど魅力的だったらしい」

私の話を聞いたバーティアが、子供を取り替えられてしまった親や取り替えられた子供のことを思ってか、酷く傷ついた表情になる。

本来であれば、私もこんな話をバーティアにはしたくなかった。

優しい彼女が心を痛めることはわかっていたし、今は特に、子供に関する悲しい話は聞かせたくなかった。

でも、今回の精霊界訪問である事実が発覚してしまった。

それはバーティアを悲しませたくないからというだけで、放置できる内容ではなかった。

それに、バーティアもそんなことをすれば怒るだろう。

彼女は悲しい話を聞きたくないという理由だけで、見て見ぬふりをできるような女性ではないから。

「この事態を重く受け止めて、人間の世界、精霊界両方で厳しく取り締まり、今はもうそういったことは起きていない……はずだったんだ」

「も、もしかして、ミルマは精霊さんなんですの？」

バーティアがハッとした様子で恐る恐る尋ねる。

それに対して私は安心させるように微笑み、緩やかに首を横に振った。

「大丈夫。ミルマは人間だよ。ただね、取り替え子の失敗例に当たる子供なんだ」

「失敗例？　それなら、単純に取り替えられずに良かったねって話になるんじゃありませんの？」

頭に疑問符を浮かべながら首を傾げるバーティア。

このへんの話は複雑だから、きちんと話さないと察するのは難しいだろう。

「精霊は取り替え子をする時に、人間に気付かれることを酷く嫌がるんだ。自分の身が危険になるのもあるし、人間から自分の子供を取り替えようとする悪い奴と認識されると、弱い精霊はそれだけで強い影響を受けてしまうことがある。ぼんやりとした認識よりも悪者って認識のほうが鮮明だからね」

私の言葉にバーティアはうんうんと頭を悩ませつつも、なんとか話についてきているようだ。

後で、本当にわかっているかは確認しないといけないけど。

「だから、気付かれないよう、取り替える前に、人間の親が自分の子供を認識しにくくなるように、連れ去る子供の存在感を奪うんだ」

「存在感……失敗……はっ！　わかりましたわ!!　ミルマは連れ去るために存在感を奪われたのですわね！」

バーティアが「閃《ひらめ》いた！」とばかりの表情を浮かべる。

どうやら、ちゃんと理解できていたみたいだ。良かった。

「そういうこと。ミルマの家はちょっと特殊でね。気配というものに敏感な一族なんだ」

代々『おつかい』を輩出している家だからね。

潜入したり情報収集したりするために、その辺の感覚はしっかりと鍛えられ、研ぎ澄まされている。

それゆえに、ミルマの存在感……気配が急激に薄まったことにもすぐに気付いて家族が駆けつけたのだろう。

「だから、ミルマの異変にすぐに気付いて、精霊が取り替える前に助けることができたんだと思う。ただ、取り替え子の話が報告として上がってこなかったことから考えるに、精霊は見事に逃げおおせたんだろうね」

「でも、それではミルマの存在感は……」

「奪われたままになっているんだと思う。だからこそそのあの違和感すら覚えるほどの存在感の薄さなんだ」

そう言いながら、私はバーティアに再度ネックレスを示した。

「バーティアが、今回ミルマっぽいと言っていた精霊だけど、気になって精霊王に頼んで調べてもらったら、彼女……というか彼女の父こそが自分の娘とミルマを取り替えようとした張本人だった」

「えぇ!?　そこにお話が繋がりますの!?」

バーティアが目を見開いて驚いたように声を上げる。

「そういうこと。そして、その精霊からミルマの気配がしたのは、子供の頃にミルマから奪った存在感を石に封じ込め、アクセサリーにして彼女がつけていたからだ。人間と入れ替わって精霊自身が認識されたほうが力を得やすいし、力も馴染みやすくて継続もするんだけど、赤子から奪った存在感だけでも、彼らの印象を変えるくらい力はあるらしい」

あのネズミの精霊は、ミルマから奪った存在感で自分の存在を強くアピールし、強く美しい精霊と自分を周りに認識させようとしていたのだ。

「ひ、酷いですわ！　ミルマが自分の存在感の薄さにどれだけ悩んできたか……」

バーティアとミルマは仲がいい。

バーティアは元々そんなに身分を気にする性格ではないから、きっとプライベートな話や相談もお互いにすることがあるのだろう。

だからこそ、バーティアにはミルマの辛さがわかるのだ。

「精霊王により、ミルマの存在感を奪ったネズミの親精霊と悪用していたあのネズミの精霊は処罰してもらうことが決まったよ。自分がしたことだから自業自得だね」

優しいバーティアもさすがにミルマの人生を狂わせたネズミの精霊たちに対して、罪を軽くしろとは言わなかった。

「犯人についてはもう向こうにゆだねてある。問題……というか、どうすべきかこちらで決めないといけないのは、返ってきたミルマの存在感……このネックレスだ」

私が提示したネックレスをバーティアが身を乗り出して見つめる。

「これがミルマの……。確かにミルマの優しくて温かい気配がしますわ。これが戻ったということは、ミルマにこれを返せばミルマの悩みは消えるのですわね」

バーティアが嬉しそうにネックレスに触れる。

「そうなればいいんだけど、問題はそのネックレスに少なからず、今まで持ち続けていたネズミの精霊の存在感も入ってしまっていることだろうね」

「……なっ！」

まるで汚いものを触ってしまった時のように、バーティアが素早く手を引っ込める。

彼女の顔は引き攣《つ》っていた。

気持ちはわからなくもないが、私が手にしているタイミングでそれをやられるのは傷つくよ？

「そ、それはなんとかできませんの!?」

「できないらしいね。完璧に同化してしまい、ある意味新しい存在感になっているみたいだ」

「じゃあ、どうすれば……」

さっきまで喜んでいたバーティアの表情が一気に暗くなる。

「私としては、ミルマ本人に事実をすべて伝えて選ばせようと思う」

ミルマは精霊の存在を知っている。

今回の件を彼女に話すことは問題ないだろう。

「そうですわね。それが一番いい気がしますわ」

こうして私たちは、帰って早々にミルマを呼び出し、彼女に辛く悲しい話をすることにしたのだった。

＊＊＊

「……これが私の」

ミルマは、呼び出すとすぐに来てくれた。

用件を伝えられないまま私たちの向かいに座るように指示され、ミルマはもの凄く戸惑っている様子だった。

けれど、話が核心に迫るにつれ、怒りとも悲しみともつかない顔で俯《うつむ》き、ギュッと何かに耐えるように両手を握り締める。

途中であまりに哀れに見えたのか、バーティアが彼女の隣に座り、労《いたわ》るように背をさする。すると、ミルマはついに静かに涙を零した。

「これを使えば、君の本来持っていたはずの存在感は戻る。でも、それとは別の他人……犯人の精霊の気配も少し身に纏《まと》うことになる。これを捨てれば今までと変わらない。ただ、今まで生きてきて気付いていると思うけれど、存在感は色々な人と接する中で増えていくものだ。今あるものと、これから先の存在感を自分だけの存在感として新たに育てていくのも一つの方法だと思うよ」

私がそう告げると、ミルマは一瞬考えた後、すぐに口を開いた。

「いらないです」

手にしていたネックレスを私に突き返すミルマ。

まだ潤んで赤みを持っている目は痛々しいけれど、そこには彼女自身の強い意思があった。

「本当にいいのかい？　捨ててしまったら取り返しがつかないよ？」

「はい。いりません。だって……」

そう言って彼女は隣にいるバーティアと、今はそこにいないけれど、いつも私のそばにいる時はクールガンが立っているであろうポジションに、ゆっくりと視線を向けた。

「だって、今の私でいいと言ってくれる人が私の周りにはいるんです。私の存在感の薄さを才能だって褒めてくれる人も」

そう告げると、彼女は少し照れくさそうに笑った。

その笑顔はバーティア以外あまり興味がない私にとっても、可愛いと思えるものだった。

「私、やっと今の自分を好きになってきたところなんです。確かに今まで辛いこともたくさんあったけれど、その経験も含めて今の自分は自分自身が大切に育ててきたものだから……人の手垢《てあか》がついた過去の自分はいりません。私は私だけの自分を作っていきたいので」

今までの彼女からは想像もつかないほど凛《りん》とした表情ではっきりと告げるミルマ。その姿は、人が成長する瞬間というものを私に見せてくれたような気がした。

「ミルマァァァ!!」

決意を聞いたバーティアは、泣きながらギュッと彼女を抱き締める。

バーティアに抱き締められ涙を浮かべながらも笑っている彼女は、初めて見た時の自信なさげな、どこか年齢に不釣り合いな幼さを感じさせる女性ではない。しっかりと芯がある、大人の女性へと変わっていた。

……女性が蛹《さなぎ》から蝶へと変わる瞬間。

それは想像以上に美しい。

思わず、眩《まぶ》しいものを見つめるかのように、目を細めてしまう。

「……恋の力は偉大だね」

「なっ!!」

クスッと笑って小さく告げた私の言葉を拾ったミルマは、バーティアの腕の中で真っ赤になっていた。

そんなミルマの様子に気付いたバーティアが嬉しそうに笑う。

「恋は女性を強くも美しくもするものですわ!!」

私に続き、バーティアにまでそんなことを言われたミルマは、真っ赤になりながらも、私たちの言葉を否定することはなかった。

八　バーティア、アルファスタ帰宅翌日。

精霊界から帰った翌日。

当日の夜は、よほど疲れが溜まっていたのか、いつも以上にぐっすりと眠ったバーティアだったが、朝食を食べ始めてからしばらくすると手を止め、微妙な表情を浮かべた。

その後、「疲れがまだ残っていて胃がもたれているみたいですわ」と口にしながら、くだものなどの酸味の強いものやさっぱりとしたものを中心に食べ、とても申し訳なさそうに食事を残す。

普段の食欲旺盛な彼女を知っている料理長や給仕のメイドたちが心配する中、バーティアは笑顔で「お昼はいっぱい食べますわ！」なんて言っていたけれど……当然そのまま放っておくことなんてできない。

食事を終えたところで、念のため、彼女をベッドに押し込み、ミルマに医者を呼ぶように告げた。

元々バーティアが食事を残していたところを見ていて心配していたミルマだったが、私がこっそりと呼ぶのは『女医』だと指定したことで、私が考えていることに思い至ったらしく、表情をパッと明るくした。

さらに、「まだ未確定だから、情報の扱いには気を付けるように」と注意をすると、何度もコクコクと頷いて、退室の挨拶もそこそこに駆け出していく。

「セシル様、やっぱりお医者様なんて大げさな気がしますわ」

部屋を出ていったミルマを見送った後、バーティアが気まずそうにそんなことを呟く。

私はベッドに腰かけ、苦笑しながらも彼女を落ち着かせるようにそっと頭を撫でる。

「君の体に起きていることはどんなことでも、しっかりと確認しておかないと私が心配でならないんだよ」

私の予想通りでも、それ以外でも……いや、それ以外なら尚更、彼女の不調を見過ごすことなんてできない。

彼女は私にとって何ものにも代えがたい存在なのだから。

もし、彼女の身に何かあったとしたら、私は私の持ち得るすべての力を使ってなんとかするだろう。

それほどまでに、私にとっては大切な存在なのだけれど……彼女はきっとそんなこと、気付いてすらいないんだろうな。

「なっ！　うぅ……わかりましたわ。セシル様がそこまで心配してくださるなら……」

私の心からの言葉を聞いて、バーティアは一瞬きょとんとした後、顔を真っ赤にして俯《うつむ》いた。

そして、恥ずかしそうにしながらも、医者の診察を受けることを改めて了承してくれた。

……良かった。

ここでやはり医者にかかるのは大袈裟《おおげさ》だからとか、もう元気になったから大丈夫だとか言い始めたら大変だった。

説得して、それで納得してくれればいいけれど……もし、駄目だったら次の食事の時に、医者を待機させておいて、具合が悪くなったタイミングですぐに呼んで診《み》させるなど、小細工が必要になる可能性があったのだから。

でも、それ以上に大変なのは、放っておけば精霊界に行っていた間に溜まった仕事を片付けようと無理をし始めるバーティアを、診察を受けるまでの間、ジッとさせておくことだろう。

ジョアンナ嬢をはじめ、バーティアの優秀な友人たちが不在中の彼女の仕事をある程度捌《さば》いてくれているだろうけれど、それでもバーティアにしかできない仕事も多い。

バーティアの帰宅後、無理のないスケジュールになるように調整してくれているはずだが、それでも仕事量はいつもより多くなる。

それを知れば、きっと多少体調が悪くても無理をして進めようとするに違いない。

やる気満々な彼女を留め置くことは、私にとっても大変な作業になるだろう。

そんな未来を回避できたことに、内心ホッとする。

「君が健康でいてくれることが、私の幸せだからね」

そう言って、俯《うつむ》いているバーティアを抱き寄せ……ようとしたらクロに邪魔された。

「あら？　クロも心配してくれますの？」

部屋の隅に待機していたクロがトトトッと軽い足音と共に駆け寄ってきて、私の座っている位置とは逆側に行き、バーティアに抱きついて引き寄せる。

そして私をジロッと見た後、バーティアを気遣うように彼女の体に頬を擂《す》り寄せた。

「フフフ……。こんなに心配してくださる方がいらっしゃるなんて、私は幸せ者ですわ‼」

「……君を心配する人なら、私たち以外にも大勢いそうだけどね」

嬉しそうな笑みを浮かべてクロの頭を撫で始めたバーティアに苦笑いを浮かべ、抱き寄せるために伸ばした手を引き戻す。

……ゼノ、私の行動をこっそり笑うのはやめようか？

後ろにいても気配でわかるからね？

そんな風に穏やかな時間を過ごしながら、医者が来るのを待っていると、部屋のドアをノックする音が響いた。

「ミルマです。侍医をお連れしました」

控えめなミルマの声。

「ああ、入ってくれ。……ご苦労だったね、ミルマ。サーバリンもわざわざすまないね」

入ってきたミルマと、王宮で侍医の一人として働いている女医のサーバリンに労《ねぎら》いの声をかける。

二人は私の言葉に、無言でお辞儀をした。

頭を上げると同時に、サーバリンが私に確認するような視線を向ける。

私はわずかに微笑み、小さく頷いた。

「それでは、バーティア王太子妃の診察をさせていただきます。大変申し訳ありませんが、女性の方以外はご退室を……」

サーバリンが前に進み出て、その後ろに付き従うようにミルマもこちらに向かってくる。

「ああ、わかっているよ。妻のことをよろしくね。サーバリン、ミルマ」

夫とはいえ、診察している場に男性がいてはバーティアも落ち着かないだろう。

特にこれからサーバリンがするであろう質問を考えると、ゼノはもちろんのこと、私も席を外していたほうが話しやすいはずだ。

私たちがいない間の警護についても、ミルマと……医者が来たことで抱きつくのをやめ、場所をあけてはいるものの、部屋から出る気のないクロがいる。

ミルマは諜報などの仕事もしているため、当然武術の心得もある。

クロは……言わずもがなだが、闇の上位精霊だ。彼女の防御を突破できる者は人間にはいないだろう。

そういった面でも、問題なくサーバリンにバーティアをゆだねることができる。

「バーティア、しっかり診《み》てもらってね」

「はいですの!!　ちゃんと元気なことを証明してみせますわ!!」

声をかけると、バーティアが私を安心させるように満面の笑みで答える。

……バーティアが元気なことは大前提として大切なんだけどね。今回証明してほしいところはそこじゃないんだ。

「……ゼノ、行くよ」

「はい。畏《かしこ》まりました」

敢えて言わなくとも、私が何を確かめたいのか、きっとあと数分もしないうちに彼女も気付くだろう。

サーバリンがきっと気付かせてくれるはずだ。

そんなことを考えながら、ゼノと連れ立って部屋を出る。

……バタンッ。

廊下に出ると同時に、背後で扉が閉まる音がする。

音自体はいつもと変わらないはずなのに、これから中で行われるであろう診察のことを考えると、なぜかいつもよりその音が大きく感じた。

バーティアに関しては私の勘違いである可能性もあるけれど、それも含めて次にこの扉が開く時には結果がわかると思うと、今まで感じたことのないようなソワソワとした落ち着かない感じがする。

「……殿下、バーティア様はもしかして？」

ゼノも一連の流れを見て、私の考えている可能性に思い至ったのだろう。

少し真面目な顔で尋ねてくる。

「おそらくね。でも、医者の診察の結果を聞かないとまだ確信が持てないからね」

小さく息を吐き、腕を組んで壁に背を預ける。

その体勢のまま目を閉じ、静かに時間が経つのを待っていると、不意に遠くのほうからカッカッカッと妙に大きく速い足音が聞こえてきた。

走る、とまではいかないけれど、かなりスピードが速く、慌てている様子が足音だけでも伝わってくる。

「……クールガンだね」

足音から誰かを推測し、ゆっくりと目を開けて音のする方向に視線を向ける。

案の定、どこか焦った様子のクールガンがこちらに向かってきていた。

「何かあったのでしょうか？」

ゼノがわずかに眉間に皺《しわ》を寄せる。

仕事で何かトラブルがあって、私を捜しに来たのではないかと予想しているのだろうけれど……

おそらく、そうではない。

だって、この時間帯に進めている仕事でトラブルになりそうなものはないし、あまりにもタイミングが良すぎるからね。

「多分、ミルマが医者を呼びに行ったという話を聞きつけたんだろうね。クールガンにはノーチェス侯爵が諜報の技術も学ばせているから、それくらいの情報収集は余裕だろうし」

ミルマには情報の取り扱いには気を付けるように言っておいたから、彼女が直接クールガンに今回のことを漏らしたわけではないはずだ。

現に、こちらに向かってくるクールガンは、どこか余裕のない表情をしている。

きっと、バーティアが『医者を呼んだ』という情報までしか入ってきていないのだろう。

それくらいの情報であれば、出回っても仕方ない。

王宮にはかなり多くの人間が働いているのだ。

医者が呼ばれた事実を誰にも知られずに……という風にするには、今回の流れは正規のやり方すぎる。

第一周りも、そんな情報を聞いても「風邪かな?」「お腹でも壊したのかな?」くらいにしか思わないだろう。

私も、元々医者を呼んだ事実まで隠そうとは思っていないしね。

だから、これはミルマの落ち度にはならない。

「殿下、妹が……バーティア様が体調不良とお聞きしましたが……?」

私のところまで一直線に向かってきたクールガンが、心底心配そうな表情で私に尋ねる。

深く刻まれた眉間の皺《しわ》が、彼の心配レベルを表しているようだ。

「誰から聞いたんだい?」

「誰からも……。いえ、正確にはバーティア様がご朝食を残されたということは、厨房《ちゅうぼう》の者が心配そうに話しているのを聞きました。後は、ミルマが侍医のもとへ向かうのを遠目に見ました」

念のため確認すると、クールガンから返ってきた言葉は予測の範疇《はんちゅう》ではあったけれど、少しだけ意外なものでもあった。

「ミルマが侍医のところに向かうのはそんなに目立っていた？」

「いいえ。他の者は彼女が歩いているのにも気付いていないようでしたが……私はたまたま、早めに登城して仕事をしており、休憩がてら外を眺めていた時に見つけました」

「なるほど。他の人は気付かないのに、君は遠目でも発見したんだね……」

私の執務室から侍医たちが働く場所までは、もの凄く離れているわけではないが、すぐそばとも言いがたい微妙な距離だ。

侍医は王族の健康管理を司ることもあり、比較的王族が行き交う区画に近い場所に職場がある。けれど一方で、薬などを多く保管し、暗殺なども手がけやすいポジションでもあるため、王族の活動区画の近くではあっても中ではないのだ。

王族の身に何かあった時にはすぐに駆け付けられるけれど、用事のない時には簡単に王族のそばをウロウロできない場所。

それが今の侍医たちの職場が置かれている場所なのだ。

だから、クールガンが私の執務室から外を眺めていて、ミルマが侍医のいる方角に向かっていくのを見つけることは不可能ではないけれど、かなり難しい。

何個か建物を挟んだ先にある上に、建物と建物の隙間からわずかに見える渡り廊下を通るミルマに気付かないといけないのだから。

……そう。あの存在感が薄くて、近くにいても気付かれないことの多い『ミルマ』を。

これが、サーバリンを連れて帰ってくるところだったならば、まだ見つけやすかっただろうけどね。

サーバリンにはミルマと違って、そこにいると感じさせるだけの存在感があるから。

「ミルマは諜報員としては優秀ですよ？」

「その優秀な彼女を見つけられる君はもっと優秀だと？」

「別にそんなことが言いたいわけではありません」

「わかっているよ。……君にとってミルマが他の人より見つけやすい対象になっている。そういうことだよね？」

「……」

クールガンがジロッと私を睨んできた。

生真面目な彼が私に対してこういう態度を取るのは珍しい。

きっとそれだけ、彼の心に引っかかるものがあるということだろう。

「……そんなことよりもバーティア様のご体調はどうなのですか？」

睨まれても「フフッ」と笑って返す私に、クールガンは小さく嘆息してから話題を変えた。

「体調は大丈夫だけど大丈夫ではない感じかな？」

「……どういう意味ですか？」

「問題はないけれど、不調は続く可能性があるってことだよ」

「……」

私の遠回しな言い方に、からかわれているとでも思ったのだろうか？

クールガンの眉間に刻まれた皺《しわ》がさらに深くなる。

「殿下、私は真剣に妹的な存在であるバーティア様のことを心配して……」

「ストップ。もう終わりみたいだよ」

診察も……おそらく、君のその思いも。

室内から、バーティアの「本当ですの⁉」という嬉しそうな声が聞こえてくる。

どうやら私の予想が当たったらしい。

続いて、バタバタという大きな足音と共に、バンッと勢いよく部屋のドアが開いた。

「セシル様！　あ、あ、赤ちゃんが私たちのところに来てくださいましたわ‼」

満面の笑みを浮かべ、少し目を潤ませたバーティアが扉を開け放つと同時にそう叫んだ。

私が待っていた場所の周囲で警備や掃除などの業務をしていた者たちの動きが一斉に止まる。

皆、表面上は普通に働いていたけれど、私達の居住区画で働いている者の一部は、医師が私たちの部屋に入っていくのを見ただろうし、私がここで待たされているのも見ている。そのため、バーティアのことを心配していたのだろう。

今までもこちらの気配を窺《うかが》う様子が見られたのだけれど、廊下中に響き渡るようなバーティアの宣言を聞いて露骨にこちらに視線が向いた。

……これはもう、公式に発表する前からかなりの範囲に話が広がるだろうな。

でも、こんな嬉しい知らせならば問題ないだろう。

「やったね。ティア」

私も知らず知らずに緊張していた部分があったのか、意識せずに緩んだ表情のまま、駆け寄ってきたバーティアを両手を広げて受け止める。

「う、う、嬉しいですわぁぁぁぁ!!」

「私も嬉しいよ」

私の腕の中に収まり、涙をポロポロと零し始めたバーティアを、そっと抱き締める。

私たちの間に子供ができた。

私と彼女の子供。

この私にまた大切なものが増えるのかと思うと、心にポッと温かいものが灯る。

……あぁ、幸せだ。

幸せというのはこういうものなのだ。

私の一番がバーティアであることは今後も揺るがないだろうけれど、それでも彼女が与えてくれる幸せが増えることは嬉しい。

「ありがとう。ティア」

そう告げて、彼女の額にそっと口付ける。

「ありがとうございますわ、セシル様」

お互い、何に感謝しているのか。

感謝している内容が一緒なのか。

そんなことすらわからないまま、嬉しい気持ちを感謝の言葉に変えて伝え合う。

「バ、バーティア様、セシル殿下、おめでとうございます！」

いつもは気が弱くてなかなか自己主張できないミルマが、私たちの様子を見て、彼女なりに精一杯の声を出してお祝いの言葉を伝えてくれる。

ミルマがお祝いの言葉を言ったことで、周囲の使用人たちも呪縛から解けたかのように驚きの表情から満面の笑みへと変えて口々にお祝いの言葉を告げ始めた。

「ミルマァァァ！　ありがとうございますわぁぁ」

泣き顔のまま、私の腕から離れてミルマに駆け寄るバーティア。

そのままの勢いでミルマに抱きつくと、ミルマは少し驚いた表情を浮かべたけれど、一生懸命バーティアを抱き留めてくれた。

ミルマに抱きつくバーティアのそばに徐々に人が集まってくる。

本来、王太子妃なんて身分の高い存在に、こんな風に自然にお祝いの言葉を伝えるなんて、使用人たちにはできないことだけれど、そこはバーティアの人柄だろう。

皆、躊躇《ためら》うことなく声をかけ、人によっては涙まで浮かべて、心からのお祝いの言葉を彼女に向けている。

……父親である、私のもとには誰も来ないけれどね。

「わ、私の可愛い妹が……妊娠？」

私のそばにいるクールガンが、皆に祝われ嬉しそうにしているバーティアを呆然と見つめながら呟く。

その瞳には、明らかに妹の妊娠を喜ぶ以外の……悲しみと諦めに近い、暗い感情が存在した。

「ねぇ、クールガン。君だって本当はもうわかっているんだろう？」

そんな彼に、引導を渡すべく、私は口を開いた。

「……殿下？」

わずかに、クールガンの体がビクッと震える。

「見ての通り、ティアももう母親になる。そろそろ気持ちに区切りをつける時期だよ」

本当は彼自身が、どこかで決着をつけられればと思っていた。

……バーティアに対する、『妹』に向けるものとは異なる愛情に対して。

けれども、下手にそばで見守ることのできる立ち位置にいたことや、『妹』という逃げ道をバーティアが与えてしまったことで、彼は長いこと区切りを見つけることができずに、淡い恋心を胸に留め続けることになってしまった。

もしかしたら、これが『淡い』ものではなく、はっきりと『恋だ』とわかるものだったのならば、真面目な彼はもっと積極的に終わりを見つける努力をしたのかもしれない。

すべてが中途半端なまま終わりを見失った恋心は、ミルマという存在が現れたことで変化を起こしつつも、長く抱えすぎて捨て時がわからなくなったのだろう。

だからこそ、このタイミングで私が引導を渡す。

……ここがその恋心の終着地点なのだと明確に伝えることで。

「殿下、私は別にバーティア様のことを妹的な存在と思っているだけで……」

「クールガン、本当に単純に妹的な存在と思っているのなら、君はもっと素直に喜んでくれているはずだよ。君だって本当はわかっているだろう？」

クールガンの瞳が揺らぐ。

彼も本当はわかっている。

そんな言い訳なんて、通用しないことを……

「……バーティア様がご懐妊されたことは私も嬉しいと思っています。でも……ぇぇ、そうですね。殿下の言う通りです」

さらに言い訳の言葉を重ねようと足掻いた彼は、すぐに諦めて小さく息を吐いた。

そして、張り詰めていた何かが緩められたのが一目でわかる落ち着いた表情になる。

「君が、色々な思いを抱えつつも、私たちのことを応援し、結ばれたことを喜び、子供のことも喜んでくれているのはわかっているよ。……それがわかるくらいには、私たちは一緒にいたし、友と呼べるくらいには親しくなったと思っているしね」

「……光栄です」

私の『友』という言葉に少し驚きつつも、クールガンが小さく微笑む。

彼は真面目で強い精神を持っている人だと思う。

自分の感情を押し殺してでも、私たちに尽くし、悲しみや寂しさを感じつつも私たちのことを喜び続けてくれたのだから。

そして、それは今も変わらない。

そんな彼だからこそ、私も幸せになってもらいたいと思う。

そのためには、やはりこの『終わり』と『悲しみ』は必要なのだ。

これがなければ、すぐ目の前にある『始まり』と『幸せ』に手を伸ばすことができないのだから。

「だからこそ、言わせてもらうよ。クールガン、君は鈍感じゃないから、わかっているはずだ。もうそろそろ自分の気持ちに向き合い、次に進むタイミングだとね」

ジッと彼を見つめると、彼も私を見る。

視線が重なった後、私は促《うなが》すように、バーティアと抱き合っているミルマに視線を向けた。

私の意図がわかったのか、クールガンもミルマに視線を向ける。

……ミルマと抱き合っているバーティアには一切視線を向けることなく、真っ直ぐに『ミルマ』に。

「殿下。今だけ友として私の話を聞いてくださいますか？」

「ああ、構わないよ」

何かを決意したように一度キュッと唇を引き結び、目を瞑《つぶ》ったクールガンが、再び私に視線を向ける。

「私はあまり恋愛事が得意ではありません」

「うん、そんな感じがするね」

彼はその生い立ちにより、私たちと出会う前は家族を守るために働くことに精一杯で恋愛をしている余裕はなかった。私たちと出会ってからはバーティアに淡い恋心を抱きつつも、他に目を向ける余裕がないほど、私の手足として働いてくれていた。

真面目ゆえに、気軽に女性と触れ合うこともなかったし、むしろ仕事関係以外ではほとんど異性と話していないのではないかというくらいにストイックな生活を送っていた。

そんな彼が恋愛事が得意とはとても思えない。

「だから……バーティア様に惹かれる一方で、これが恋心なのだという自信が持てなかったのです。

ただ、大切にしたい女性。そんな認識でした。だからこそ、『妹』と思うことも容易《たやす》かったのです」

まるで、今まで形にならなかった気持ちを、言葉にすることで一つずつ形にしていくかのように、ゆっくりと語るクールガン。

本来なら、妻に向けられた恋心の話など聞く気になどならないだろうけれど……彼が真面目に考え、自分で決着をつけるために紡ぐ言葉だから、不快には感じなかった。

きっとこれは、いつも物事に対して真摯に向き合う彼だからこそなのだろう。

「でも……殿下の仰《おっしゃ》る通り、気持ちの持ち方がとても歪《いびつ》なものだということには気付いていました。そして、いつまでも続けてはいられないことも」

わかっているのに、やめ時を失ったことで抱え続けることになってしまった気持ち。

それが彼を緩く長く苦しめ続けたのだろう。

「君ならわかっていると思っていたよ」

相槌を打つように小さく答えて頷くと、彼はスッと視線を下げた。

「ミルマが私のことを少なからず想ってくれているのもわかっています」

「だろうね。彼女は君に好いてもらうために一生懸命だから」

「……そうですね。それでいて少し抜けているところがまた可愛いんです」

クールガンが再び視線を上げて、ミルマを見つめる。

その口元には小さな笑みが浮かんでいる。

それを見れば、彼の次の恋が既に走り始めていることがよくわかる。

「そう思うなら、もう過去の恋に留まり続ける必要はないだろう？　君がまだそこに留まり続けている理由は『名残惜しさ』なんじゃないかい？」

「名残惜しさ……」

私の言葉を小さく反芻《はんすう》し、クールガンはミルマとバーティアをゆっくりと交互に見つめた。

「なるほど。確かにそうかもしれません。私はバーティア様を好きでいられる自分が好きだった。そんな自分と決別することに名残惜しさを感じているのかもしれません」

交互に行き交った視線は、最後はミルマのところで止まった。

「次の恋に向かったとしても、君は君だ。君が経験で得たものがすべてなくなるわけでも、君自身が何か変わるわけでもない。もちろん、君は私たちに対して常に真摯でいてくれたから、私たちとの関係が変わることもないよ」

「それは……そうですね。なら、私は何を躊躇《ためら》っているのでしょう？」

「私にもそれはわからないよ。私から見たら、躊躇《ためら》う理由なんて何もないからね」

「何も……ない」

私の言葉に、クールガンが顎《あご》に手を当て考え込む。

その表情は、時間が経つごとにどこか納得したものへと変わっていった。

「そうか。そうですね。私は単純に変化を恐れていただけでした。でも、いつまでもそんなことに怯えているわけにはいきません」

しばらく考え込んだ後、口を開いたクールガンは今までの躊躇《ためら》いや戸惑いが嘘のようにすっきりとした顔をしていた。

そして、その瞳には未来を見据える強い意思と光が宿っている。

「彼女は…… ミルマはもう前に向かって歩き出しています」

「あぁ、ミルマから『存在感』の話を聞いたのかい？」

彼の口ぶりから、昨日ミルマに話した内容を彼が既に知っていることを察して確認すると、彼は小さく頷いた。

「ええ、驚きましたけど、納得しました。そして、彼女がそのことを最初に私に話しに来てくれたことが嬉しかったんです」

ミルマの事情は、本来クールガンに話す必要はないことだ。

けれど、彼女はいの一番にクールガンにそのことを話しに行ったらしい。

それは、彼女が自分の決意を一番わかってほしい人に伝えたかったからに他ならない。

「最初は、なぜそんな話を私にしてくれたのかわかりませんでした。ですが、彼女が私のおかげで今の自分を好きになれたと言ってくれたのです。彼女がそんな風に私のことを思っていたなんて知りませんでしたけど……嬉しかった」

普段、生真面目で固そうなクールガンの表情が、どこか甘さを秘めたものへと変わる。

……もう、ミルマに恋しているってことで、解決にしちゃ駄目かな？

色々言っているけれど、なんだかもう答えも出ていて、決着もついているような気がしてきたよ。

「そして、思ったんです。彼女にとって『存在感』を奪われた今までの人生はとても辛いものだったはずなのに、自ら決着をつけて前に進む彼女をかっこいいと。そんな彼女に想ってもらっているのですから……私もいい加減決着をつけて前に進まないといけませんね」

あぁ、良かった。

やっぱりもう解決ってことにしていいみたいだ。

クールガンの表情も晴々としていて、躊躇《ためら》いはどこにも存在しない。

ミルマにとってクールガンは大きな存在だったけれど、クールガンにとってミルマもまた、大きな存在になっていたみたいだ。

「……殿下」

「なんだい？」

「妃殿下のご懐妊、おめでとうございます」

満面の笑みで。

少しの憂《うれ》いもなく告げられた言葉。

「ありがとう」

それに私も笑顔で答える。

「妃殿下にもお祝いを言って参ります」

「ああ、きっとティアも喜ぶよ」

私に背を向け歩き出したクールガン。

その背中は今までより一回り大きくなっているように感じた。

「これで本当の一件落着だね」

長かった彼のバーティアへの恋心もついに終わりを告げた。

そして、新たな恋が始まっていくのだろう。

バーティアのもとに辿り着いたクールガンが、頭を下げつつお祝いの言葉を贈る。

それに対してバーティアが笑顔でお礼を言い、二人は笑みを浮かべ合う。

そして、クールガンはバーティアの隣でまだ泣いているミルマをそっと抱き締めた。

「……クールガン、意外とやるね」

真っ赤になり、驚いて固まるミルマ。

バーティアは驚きつつも嬉しそうな表情をしている。

「……私もまざりに行こうかな？」

足早に近付き、ミルマを抱き締めるクールガンの隣で私もバーティアを抱き締めた。

お互いに大切な女性を腕に抱き、視線を合わせた私とクールガンは小さく笑い合う。

意味がわからない女性二人はおろおろし、後ろではゼノが、クロに「私も！」とでも言うように抱っこをねだられ苦笑しつつも抱き上げている。
……あぁ、ここは幸せがあふれているね。

自称
悪役令嬢な
妻の観察記録。
1 ~ 2
RC
Regina
COMICS
シリーズ累計
192
万部突破!!
(電子含む)
原作 = しき
漫画 = 蓮見ナツメ
Presented by Shiki & Natsume Hasumi
アルファポリスWebサイトにて
好評連載中!!
＼どたばたラブコメファンタジー／
待望の続編!!
『悪役令嬢』を自称していたバーティアと結婚した王太子セシル。楽しい新婚生活を送っていたところ、バーティアの友人・リソーナ王女から結婚式のプロデュース依頼が舞い込んだ。やる気満々のバーティアをサポートしつつシーヘルビー国へ向かったけれど、どうもバーティアの様子がおかしい。すると、バーティアが
「私、リソーナ様のために
代理悪役令嬢になりますわ!!」
そう宣言して——!?
元一流悪役令嬢として
打倒王子を掲げて
頑張りますわ!!!!!!
悪役令嬢の大先輩である私が
代理悪役令嬢
になりますわ!!!!!!
大人気どたばたラブコメファンタジー待望の続編!
大好評発売中!!
アルファポリス 漫画
検索
B6判／各定価:748円(10%税込)

新感覚ファンタジー
RB レジーナ文庫

退屈王子の日常に波乱の予感!?

レジーナブックス Regina

自称悪役令嬢な婚約者の観察記録。1～2

しき　イラスト：八美☆わん

定価：704円（10% 税込）

平和で刺激のない日々を送る、王太子のセシル。そんなある日、侯爵令嬢バーティアと婚約したところ、突然おかしなことを言われてしまう。「セシル殿下！　私は悪役令嬢ですの!!」。一流の悪の華を目指して突っ走る彼女は、セシルの周囲で次々と騒動を巻き起こし――!?

詳しくは公式サイトにてご確認ください

https://www.regina-books.com/

携帯サイトはこちらから！

RC
Regina COMICS
自称 悪役令嬢な婚約者の観察記録。
1~6
シリーズ累計
140万部突破!!!
(電子含む)
原作 = しき
漫画 = 蓮見ナツメ
Presented by Shiki & Natsume Hasumi
異色のラブ(?)ファンタジー
優秀すぎて人生イージーモードな王太子セシル。そんなある日、侯爵令嬢バーティアと婚約したところ、突然、おかしなことを言われてしまう。
「セシル殿下! 私は悪役令嬢ですの!!!」
……バーティア曰《いわ》く、彼女には前世の記憶があり、ここは『乙女ゲーム』の世界で、彼女はセシルとヒロインの仲を引き裂く『悪役令嬢』なのだという。立派な悪役になって婚約破棄されることを目標に突っ走るバーティアは、退屈なセシルの日々に次々と騒動を巻き起こし始めて——?
これが溺愛ルート!?
最高に幸せですわ!
大好評発売中!!
アルファポリス 漫画 検索
B6判/各定価:748円(10%税込)

新＊感＊覚　ファンタジー！

レジーナブックス Regina

レジーナブックス Regina

手紙を届けて異世界を救う!?

異世界で郵便配達はじめました

しき
イラスト：村上ゆいち

ある日突然、異世界に召喚された芽衣。転移先の王様は、とある事情により国の危機に瀕しているため、芽衣に助けてほしいという。その方法は——まさかの手紙を届けること!?「国の命運を、勝手にただの日本人の肩にかけないでください！」芽衣は抵抗したものの、あれよあれよと手紙を託されてしまった。その上、異世界では郵便配達員のバイトも、一筋縄ではいかなくて——!?

詳しくは公式サイトにてご確認ください。
https://www.regina-books.com/

携帯サイトはこちらから！

新 ＊ 感 ＊ 覚　ファンタジー！

レジーナブックス
Regina

破滅不可避なら、
好きに生きるわ!!!!

悪役令嬢に転生したので、すべて無視することにしたのですが……？

りーさん
イラスト：ウラシマ

気づけば見知らぬ豪華な部屋の中、どうやら乙女ゲームの悪役令嬢リリアンに生まれ変わったみたい。しかも、転生したのはゲーム開始の前日で、攻略対象から嫌われまくってる⁉　こうなったら破滅回避は諦めよう。公の場でいきなり断罪する婚約者なんて願い下げだ。攻略対象もヒロインもシナリオも全部無視、やりたいことをやらせてもらうわ！　そうしていたら、なぜか攻略対象がやたらと近づいてきて⁉

詳しくは公式サイトにてご確認ください。

https://www.regina-books.com/

新＊感＊覚ファンタジー！

Regina レジーナブックス

幸せになって
元婚約者を見返します!

婚約破棄された
不遇令嬢ですが、
イケオジ辺境伯と幸せに
なります！

天田《あまだ》れおぽん
イラスト：月戸

公爵令嬢のクラウディアは、男爵令嬢を虐めたという謂れのない罪で婚約を破棄されてしまう。さらには王太子の嫌がらせによって20歳年上の辺境伯と婚姻することに⁉　ひとまず白い結婚で嫁ぐことになったが、辺境伯を見るなりクラウディアは一目惚れ！　しかし彼は白い結婚のままで良いと言い、クラウディアとの恋愛に消極的な様子で……。クラウディアは彼の心を掴み取ることができるのか⁉

詳しくは公式サイトにてご確認ください。

https://www.regina-books.com/

新＊感＊覚　ファンタジー！

Regina レジーナブックス

**婚約解消だなんて
ありがとうございます**

料理大好き令嬢は
冷酷無愛想公爵様の笑顔が
見たいので、おいしいものを
いっぱい提供します

よどら文鳥《ぶんちょう》
イラスト：るあえる

料理をすることが大好きな令嬢・シャインはある日、婚約解消を宣言されてしまう！　我儘な婚約者にうんざりしていた彼女は喜んでその申し出を受け、すっきりとした気持ちで新たな日々を過ごしていたが……そんな彼女の元に、冷徹で不愛想と噂される公爵・エムルハルトから屋敷への招待状が届き——!?　おいしい料理が心を解く!?　溺愛グルメファンタジー開幕！

詳しくは公式サイトにてご確認ください。
https://www.regina-books.com/

新＊感＊覚ファンタジー！

レジーナブックス Regina

レジーナブックス Regina

愛憎渦巻く
ラブロマンス!

死ぬまでにやりたいこと
～浮気夫とすれ違う愛～

ともどーも
イラスト：桑島黎音

アニータは、騎士団長ルイスの妻。愛し愛されて夫婦になったが、かつて真っ赤な顔でプロポーズしてくれた彼はもういない。彼は部下の騎士や令嬢と関係を持っているらしく、街でも噂になっている。我慢してきたアニータだったが、そんな時余命がわずかだとわかった。そこで、死ぬ前にこの関係に終止符を打つため、ルイスと離縁することにして……!?　残りわずかな人生、後悔なんてしたくない！

詳しくは公式サイトにてご確認ください。

https://www.regina-books.com/

新＊感＊覚 ファンタジー！

レジーナブックス Regina

レジーナブックス Regina

王妃の座など不要です
ワガママ令嬢に転生かと思ったら王妃選定が始まり私は咬ませ犬だった

天冨《あまとみ》 七緒《なお》
イラスト：吉田ばな

未来の王妃を決める『王妃選定』の数日前に、ピアノが生き甲斐だった前世の記憶を思い出した公爵令嬢ヴァレリア。それならそれで公爵家の名に瑕がつかない程度に手を抜いて、空いた時間でピアノに没頭しようと思っていたが、王妃選定の公平性を真っ向から否定するような王子達の熱愛ぶりと、ヴァレリアを悪役扱いし日常生活すら邪魔する人間達に、徹底抗戦を決意して……

詳しくは公式サイトにてご確認ください。

https://www.regina-books.com/

気が付くと異世界の森の中に獣として転生していた元社畜の日本人男性。「可愛いもふもふに生まれ変わったからには!」と人間を探した彼は、無事、騎士のウィオラスに拾われ、アルルジェントという名前をつけてもらった。そうしてルジェと呼ばれるようになった彼は、自分が狐であることを知る。改めて、ウィオラスの「飼い狐」としてぐーたら愛玩生活を送ろうと、愛嬌を振りまくルジェだったが、徐々にチートな力を持っていることが判明していく。そのせいで、本人はみんなに可愛がってもらいたいだけなのに、ルジェの力を欲しているらしい人たちに次々と狙われてしまい——!?　自称「可愛い飼い狐」のちっとも心休まらないペット生活スタート!

●定価:1320円(10%税込)　●ISBN:978-4-434-33603-4　●Illustration:こよいみつき

この作品に対する皆様のご意見・ご感想をお待ちしております。

おハガキ・お手紙は以下の宛先にお送りください。

【宛先】

〒150-6019 東京都渋谷区恵比寿 4-20-3 恵比寿ｶﾞｰﾃﾞﾝﾌﾟﾚｲｽﾀﾜｰ 19F
（株）アルファポリス　書籍感想係

メールフォームでのご意見・ご感想は右のＱＲコードから、
あるいは以下のワードで検索をかけてください。

アルファポリス　書籍の感想　検索

ご感想はこちらから

本書は、「アルファポリス」（https://www.alphapolis.co.jp/）に掲載されていたものを、
改稿のうえ書籍化したものです。

自称悪役令嬢《じしょうあくやくれいじょう》な妻《つま》の観察《かんさつ》記録《きろく》。 4

しき

2024年　5月　5日初版発行

編集－塙綾子
編集長－倉持真理
発行者－梶本雄介
発行所－株式会社アルファポリス
〒150-6019 東京都渋谷区恵比寿4-20-3 恵比寿ｶﾞｰﾃﾞﾝﾌﾟﾚｲｽﾀﾜｰ19F
TEL 03-6277-1601（営業） 03-6277-1602（編集）
URL https://www.alphapolis.co.jp/
発売元－株式会社星雲社（共同出版社・流通責任出版社）
〒112-0005 東京都文京区水道1-3-30
TEL 03-3868-3275
装丁・本文イラスト－八美☆わん
装丁デザイン－ansyyqdesign
印刷－中央精版印刷株式会社

価格はカバーに表示されてあります。
落丁乱丁の場合はアルファポリスまでご連絡ください。
送料は小社負担でお取り替えします。
©Shiki 2024.Printed in Japan
ISBN978-4-434-33502-0 C0093